Lewis Carroll
Alice au Pays
   des Merveilles
   suivi de :
   De l'Autre côté
   du Miroir

Lewis Carroll

Alice au Pays des Merveilles
suivi de:
De l'Autre côté du Miroir

Traduction d'André Bay
Illustrations de Dušan Kállay

GRÜND

En pleine après-midi dorée,
 Tout à loisir, nous glissons,
Car nos deux rames, maladroitement,
 Par de petits bras sont maniées,
Tandis que de petites mains font semblant
 De pouvoir diriger notre course errante.

Ah ! toutes trois cruelles ! A une heure pareille,
 Sous un ciel si favorable aux songes,
Réclamer une histoire quand on n'a plus la force
 D'agiter de son souffle la plus légère plume !
Mais que peut faire une pauvre voix
 Contre trois langues conjurées ?

L'impérieuse Prima d'abord lance
 Son ordre : « Commençons ! »
Plus douce, Secunda suggère :
 « Une histoire avec beaucoup de folies ! »
Tandis que Tertia n'interrompt
 Pas plus d'une fois par minute.

Bientôt, soudain silencieuses,
 En imagination, elles poursuivent
Un rêve enfantin à travers un pays
 De folles merveilles inconnues,
Bavardant avec les oiseaux et les bêtes —
 Et finissent par y croire à demi.

Et toujours, comme l'histoire épuisait
  Les ressources de mon imagination
Et qu'une voix lasse s'efforçait mollement
  D'en finir et déclarait :
« La suite à la prochaine fois. »
  « La prochaine fois, c'est maintenant ! »
S'écriaient-elles joyeusement.

Ainsi naquit l'histoire du Pays des Merveilles,
  Ainsi, peu à peu, l'une après l'autre,
Se forgèrent ces bizarres péripéties,
  Et maintenant l'histoire est terminée,
Et nous voguons vers la maison, heureux,
  Sous le soleil couchant.

Alice ! Prends cette histoire enfantine,
  Et d'une main doucement amicale
Dépose-la sur l'autel des rêves de l'Enfance,
  Couronne sacrée du Souvenir,
Comme la guirlande de fleurs fanées
  Qu'un pèlerin cueillit en une terre lointaine.

Alice au Pays des Merveilles

CHAPITRE UN

Dans le terrier du Lapin

ALICE, assise sur le talus à côté de sa sœur, commençait à se sentir fatiguée de ne rien faire. Une fois ou deux, elle avait jeté un coup d'œil sur le livre de sa sœur, mais il n'y avait pas d'images, pas de dialogues, et « à quoi bon un livre sans images ni dialogues », pensait Alice.

Elle était en train de se demander (dans un demi-songe, car elle se sentait tout engourdie par la chaleur de cette après-midi d'été) si le plaisir de tresser une guirlande de pâquerettes valait la peine de se lever pour les cueillir, quand, tout à coup, un lapin blanc aux yeux rouges passa près d'elle en courant.

Il n'y avait là rien de *très* surprenant. Alice ne trouva pas non plus *très* extraordinaire d'entendre le Lapin marmonner : « Oh ! mon Dieu, mon Dieu ! je vais être en retard. » (Par la suite, il lui vint à l'esprit qu'elle aurait pu s'étonner, mais, sur le moment, cela lui parut naturel.) Par contre, quand elle vit le Lapin *tirer une montre de la poche de son gilet,* regarder l'heure, puis partir en courant, Alice bondit, car elle venait de comprendre dans un éclair qu'elle n'avait encore jamais vu un Lapin tirer une montre de son gilet. Brûlant de curiosité, elle s'élança derrière lui à travers champs. Elle eut la chance d'arriver assez tôt pour le voir plonger dans un large terrier sous la haie.

Sans perdre une seconde et sans se demander comment elle pourrait revenir sur terre, Alice le suivit.

Le terrier s'étendait comme un tunnel, mais bientôt, il présenta une pente si brusque qu'Alice n'eut pas le temps de s'arrêter. Elle se vit tomber dans ce qui semblait être un puits très profond.

Il fallait que le puits fût très profond, ou bien que sa chute fût très lente, car elle eut tout le temps de regarder autour d'elle et de s'inquiéter de ce qui allait arriver. D'abord, elle chercha à se faire une idée de l'endroit où elle tombait, mais il faisait trop sombre et elle ne vit rien ; puis, scrutant les parois du puits, elle s'aperçut qu'elles étaient couvertes de placards et d'étagères. Çà et là étaient accrochés des cartes et des tableaux. En passant, elle attrapa un pot sur lequel était écrit « MARMELADE D'ORANGES » mais, à son grand regret, il était vide. Elle n'osa pas le lâcher par crainte de tuer quelqu'un en bas, et s'arrangea pour le remettre sur l'une des étagères au moment où elle passait devant.

« Eh bien, pensa Alice, après une chute pareille, je n'aurai plus peur de tomber dans l'escalier ! Comme ils vont me trouver brave à la maison ! Ma foi, même si je dégringolais du toit, je n'en dirais rien. » (Et pour cause !)

Elle descendait, descendait sans cesse. Cette chute ne prendrait-elle jamais fin ? « Combien ai-je déjà parcouru de kilomètres ? demanda-t-elle tout haut. Je dois m'approcher du centre de la terre. Voyons : cela doit faire, je crois, quatre mille kilomètres. »

(Vous voyez qu'Alice avait appris quelque chose à l'école, et, bien que ce ne fût pas tout à fait le moment d'étaler sa science puisqu'il n'y avait personne pour l'écouter, c'était au moins un bon exercice.)

« Oui, c'est à peu près la distance — mais alors je me demande à quelle Latitude et à quelle Longitude je me trouve ? » (Alice n'avait aucune idée de ce que pouvait être une Latitude ou une Longitude, mais c'étaient de grands mots agréables à prononcer.)

« Je me demande, continua-t-elle, si je vais *traverser* la terre ? Comme ce serait drôle de se trouver tout à coup parmi des gens qui marchent la tête en bas ! Les Antipattes, je crois. » (Elle fut bien heureuse, cette fois, qu'il n'y eût personne pour l'entendre, car le mot sonnait faux.) « Il vaudrait mieux que je me renseigne sur place. Excusez-moi, madame, suis-je en Nouvelle-Zélande ou en Australie ? » (Et elle voulut faire une révérence. Imaginez ce que peut être une *révérence* quand vous tombez dans le vide ! Essayez donc un peu pour voir !) « Et elle me prendrait pour une petite ignorante ! Non, mieux vaut ne rien demander, peut-être verrai-je le nom du pays écrit quelque part. »

Elle descendait, descendait toujours. Comme il n'y avait rien d'autre à faire, elle se remit à parler. « Je manquerai beaucoup

à Dinah ce soir. (Dinah était la chatte.) J'espère qu'on n'oubliera pas sa soucoupe de lait à l'heure du thé. Dinah, ma chérie, je voudrais que tu sois ici avec moi ! Il n'y a probablement pas de souris en l'air, mais tu pourrais attraper des chauves-souris, ça se ressemble. Mais est-ce que les chats mangent les chauves-souris ? » Et Alice commença à s'endormir, et d'une voix de rêve elle répétait : « Est-ce que les chats mangent les chauves-souris ? » Et quelquefois : « Est-ce que les chauves-souris mangent les chats ? » En effet, comme elle ne pouvait répondre à aucune de ces deux questions, peu importait dans quel ordre elle les posait. Elle sentit qu'elle allait s'endormir et elle rêvait déjà qu'elle marchait en donnant la main à Dinah et lui demandait très sérieusement : « Maintenant, Dinah, dis-moi la vérité : as-tu jamais mangé une chauve-souris ? » quand tout à coup, patatras ! elle tomba sur un tas de feuilles mortes. Elle était arrivée.

Alice ne se fit aucun mal. Elle se releva aussitôt et jeta les yeux autour d'elle. Mais tout était noir ; en face d'elle s'étendait un long couloir. Elle put encore voir le Lapin Blanc qui le descendait à toute vitesse. Il n'y avait pas une seconde à perdre. Alice fila comme le vent et arriva juste assez tôt pour l'entendre dire au moment où il disparaissait dans un tournant : « Par mes oreilles et mes moustaches, comme il se fait tard ! » Elle le suivait de près et pourtant quand elle eut dépassé le tournant, elle ne le vit plus ; elle se trouva dans un couloir long et bas, éclairé par une rangée de lampes suspendues au plafond.

Il y avait des portes de chaque côté du couloir, mais elles étaient toutes fermées à clef, et quand Alice eut vainement essayé de les ouvrir, allant de l'une à l'autre, en descendant, puis en remontant, elle revint tristement au milieu du couloir, et se demanda comment elle pourrait sortir de là.

Soudain, ses yeux s'arrêtèrent sur une petite table à trois pieds en verre massif ; il n'y avait rien dessus, sauf une minuscule clef d'or, et la première idée d'Alice fut que ce pouvait être la clef d'une des portes du couloir ; mais, hélas ! les serrures étaient-elles trop grandes ou la clef trop petite ?... Toujours est-il qu'elle ne put ouvrir aucune porte. Enfin, au deuxième tour, elle découvrit un rideau qu'elle n'avait pas encore remarqué, et

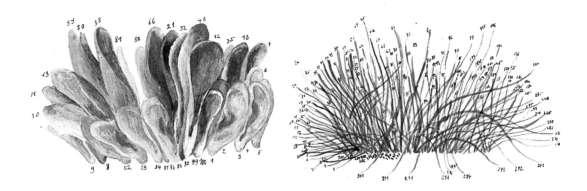

derrière ce rideau, une petite porte de moins de cinquante centimètres de hauteur. Elle glissa la minuscule clef d'or dans la serrure et à son grand plaisir la porte s'ouvrit !

Elle donnait sur un corridor pas beaucoup plus grand qu'un trou de rat. Alice se mit à genoux et aperçut au bout de ce corridor le plus joli jardin du monde. Comme elle aurait voulu sortir de ce sombre couloir et se promener parmi ces parterres de fleurs lumineuses et ces claires fontaines ! Mais elle ne pouvait même pas glisser la tête par l'ouverture de la porte. « Et même si ma tête passait, se dit la pauvre Alice, mes épaules ne suivraient pas. Oh ! Comme je voudrais rentrer en moi-même à la façon d'un télescope ! Je le pourrais bien si je savais seulement par quel bout commencer. » Car, vous comprenez, tant d'événements extraordinaires venaient de lui arriver qu'elle était bien près de penser qu'un très petit nombre de choses lui étaient vraiment impossibles.

Comme il semblait inutile de rester plus longtemps devant la porte, elle revint à la table avec le vague espoir d'y découvrir une autre clef, ou tout au moins un manuel expliquant la manière de rentrer en soi-même comme un télescope. Cette fois, elle trouva une petite bouteille (« qui n'était sûrement pas là tout à l'heure », pensa-t-elle) et, attachée au goulot, une étiquette portant ces mots magnifiquement imprimés en lettres majuscules : BOIS-MOI.

C'était bien joli de dire « BOIS-MOI », mais la sage petite Alice n'était pas si imprudente. « Non, je vais voir d'abord, dit-elle, si le mot *poison* n'est pas inscrit quelque part. » Car elle avait lu de belles histoires d'enfants brûlés vifs ou dévorés par des bêtes féroces, et à qui il était arrivé toutes sortes d'aventures fâcheuses ; et cela parce qu'ils n'avaient pas voulu se souvenir de

13

simples conseils tels que : ne tenez pas un tisonnier rouge trop longtemps, il vous brûlerait ; ou bien : ne vous coupez pas *trop* profondément, cela vous ferait saigner ; ou encore (et c'est une règle qu'elle n'avait pas oubliée) : Si vous buvez trop d'une bouteille marquée *poison,* vous vous en repentirez tôt ou tard !

En tout cas, cette bouteille-là *ne* portait *pas* le mot : *poison.* Alice se risqua donc à goûter et comme c'était bon (la liqueur avait, en effet, une saveur de tarte aux cerises mêlée de flan, d'ananas, de dinde rôtie, de caramel et de biscotte beurrée), elle l'avala d'un seul coup.

« Quelle drôle d'impression, se dit Alice, je crois que je rentre en moi-même comme un télescope. »

Et c'était vrai : elle mesurait à peine vingt-cinq centimètres de haut et son visage s'illumina à la pensée qu'elle avait la taille voulue pour franchir la petite porte du merveilleux jardin. Mais elle attendit un instant de plus pour savoir si elle allait encore diminuer. Cela l'inquiétait. « Car je pourrais bien fondre tout à fait comme une chandelle et je me demande de quoi j'aurais l'air ? » Elle essaya même de s'imaginer — car elle n'avait rien vu de pareil — à quoi peut ressembler la flamme d'une chandelle quand la chandelle est morte.

Peu après, comme il ne se passait toujours rien, elle décida d'aller dans le jardin. Mais, hélas ! pauvre Alice ! Devant la porte, elle s'aperçut qu'elle avait oublié la clef d'or et quand elle revint à la table, elle comprit qu'elle était maintenant trop petite pour l'atteindre. Elle la voyait très distinctement à travers le verre et elle s'efforça de grimper par l'un des pieds de la table, mais c'était trop lisse. Enfin, épuisée par tant d'efforts inutiles, la pauvre Alice s'assit par terre et pleura. « Allons, à quoi bon pleurnicher comme ça ! se dit-elle avec sévérité. Arrête-toi tout de suite ! » Elle se donnait volontiers d'excellents conseils (bien qu'elle les suivît rarement) et il lui arrivait de se gronder si fort qu'elle en avait les larmes aux yeux. Elle se rappelait même s'être tiré les oreilles pour avoir triché au cours d'une partie de croquet qu'elle jouait contre elle-même, car cette étrange enfant aimait beaucoup s'imaginer qu'elle était deux personnes.

« Mais cela ne sert à rien, pensa la pauvre Alice, de prétendre être deux quand il reste à peine assez de moi pour faire *une seule personne.* » Bientôt son regard rencontra une toute petite boîte sous la table ; elle l'ouvrit et trouva un biscuit, sur lequel les mots « MANGE-MOI ! » étaient joliment écrits avec des raisins secs. « Eh bien ! Je vais le manger, dit Alice, et s'il me fait grandir, je pourrai atteindre la clef, et s'il me fait encore rapetisser, je pourrai ramper sous la porte ; ainsi, dans un sens comme dans l'autre, j'entrerai dans le jardin et je me moque de ce qui arrivera ! »

Elle grignota un petit morceau et se demanda : « Dans quel sens ? dans quel sens ? » posant sa main sur se tête pour savoir si elle allait grandir ou diminuer ; mais elle eut la stupéfaction de s'apercevoir qu'elle gardait la même taille : c'est généralement ce qui arrive quand on mange un biscuit, mais Alice était tellement habituée désormais à des événements extraordinaires qu'il lui parut triste et stupide de constater qu'il ne se produisait rien d'anormal.

Sur ce, elle reprit le biscuit et l'avala d'un coup.

CHAPITRE DEUX

La mare de larmes

« DE plus en plus mieux ! s'écria Alice (dans sa surprise, elle oubliait de parler correctement), voici que je m'allonge comme le plus grand télescope du monde ! Adieu, petits pieds ! » Car lorsqu'elle regardait ses pieds, ils lui paraissaient presque invisibles, tant ils étaient loin. « Oh ! mes pauvres petits pieds chéris, qui maintenant vous mettra vos souliers et vos chaussettes ? Sûrement pas moi ! Je serai bien trop loin pour m'occuper de vous ! Débrouillez-vous comme vous pourrez. »

« Mais il faut que je sois gentille avec eux, pensa Alice, sinon ils pourraient refuser de marcher ! Voyons. Je leur ferai cadeau à chaque Noël d'une belle paire de chaussures ! » Et elle continua à faire des plans pour arriver à ses fins. « Il faut les envoyer par porteur, pensait-elle. Quelle drôle le chose, envoyer un cadeau à ses propres pieds ! Et quelle étrange adresse cela fera :

Monsieur le pied droit d'Alice,
Tapis du Foyer,
Près de la Cheminée.
Tendrement, Alice.

Quelles bêtises je suis en train de dire ! »

A ce moment précis sa tête heurta le plafond du couloir. C'est qu'elle mesurait près de trois mètres de haut. Elle saisit aussitôt la petite clef d'or et se précipita vers la porte du jardin.

Pauvre Alice ! En se couchant de côté, elle réussit tout juste à voir le jardin d'un œil ; mais passer était plus impossible que jamais. Découragée, elle s'assit et se remit à pleurer.

« Tu devrais avoir honte ! se dit-elle, une grande fille comme toi (c'était bien vrai qu'elle était grande !) pleurer de la sorte ! Cesse immédiatement, sinon gare à toi ! » Elle continua tout de

16

même à verser des flots de larmes, si bien qu'il se forma une mare autour d'elle, profonde au moins de dix centimètres et s'étalant sur la moitié du couloir.

Bientôt, elle entendit un petit bruit de pas dans le lointain. Elle s'essuya aussitôt les yeux pour voir ce qui s'approchait. C'était le Lapin Blanc qui revenait magnifiquement habillé, une paire de gants de chevreau blancs dans une main, et, dans l'autre, un grand éventail. Il s'avança, trottant aussi vite qu'il pouvait, et marmottant : « Oh ! la Duchesse ! la Duchesse ! Elle va être furieuse si je la fais attendre ! » Alice se sentait si désespérée qu'elle aurait appelé n'importe qui à son secours. Aussi, lorsque le Lapin fut assez près, elle dit d'une voix basse et timide : « S'il vous plaît, monsieur. »

Le Lapin sursauta, laissa tomber les gants blancs et l'éventail, et s'enfuit à toute vitesse dans l'obscurité. Alice ramassa l'éventail et les gants. Comme il faisait très chaud, elle s'éventa en disant : « Mon Dieu, mon Dieu ! Comme tout est bizarre aujourd'hui ! Et dire qu'hier tout se passait si normalement ! Est-ce qu'on m'aurait changée pendant la nuit ? Voyons : étais-je la même quand je me suis levée ce matin ? J'oserais presque penser que je me sentais un peu différente. Mais si je ne suis pas la même, une question se pose : *qui* suis-je ? Ah ! c'est un terrible problème ! » Et elle évoqua l'image de toutes les petites filles de son âge qu'elle connaissait, pour voir si elle n'était pas devenue l'une d'elles.

« Je suis certaine de ne pas être Ada, dit-elle, car elle a de longues boucles et je n'en ai pas ; et je suis sûre de ne pas être Mabel, car je sais beaucoup de choses et elle ne sait presque rien. D'ailleurs *elle* est *elle* et *je* suis *moi*. De plus… Oh ! mon Dieu, que c'est compliqué ! Je vais essayer de faire une révision de tout ce que je savais. Voyons : quatre fois cinq douze, et quatre fois six treize, et quatre fois sept… Oh ! mon Dieu ! Je n'arriverai jamais à vingt de cette manière-là. Après tout, la table de multiplication ne prouve rien. Essayons la géographie. Londres est la capitale de Paris, et Paris est la capitale de Rome, et Rome… Non, c'est tout faux ! J'en suis sûre ! Je dois être devenue Mabel. Je vais essayer de réciter : *« Comme le petit… »*

Elle croisa les bras comme pour réciter une leçon, mais sa voix était étrangement rauque et les mots ne vinrent pas comme il aurait fallu :

Comme le petit crocodile
Fait valoir sa queue moirée
Et répand les eaux du Nil
Sur ses écailles dorées !

Comme il sourit aimablement,
Comme ses griffes il fait bien voir,
Accueillant les petits poissons
Du charmant sourire de ses mâchoires !

« Je suis sûre que ce ne sont pas les vraies paroles », gémit la pauvre Alice, et ses yeux se remplirent de larmes. « Je dois être Mabel après tout, et il me faudra vivre dans sa maison, et je n'aurai plus de jouets, et j'aurai tant de leçons à apprendre ! Non, décidément, si jamais je suis Mabel, j'aime mieux rester ici ! Ils auront beau m'appeler de là-haut : « Reviens, ma chérie ! » Je regarderai en l'air et je dirai : « Qui suis-je alors ? Dites-le-moi, et s'il me plaît d'être cette personne, je reviendrai. Sinon, je resterai ici jusqu'à ce que je sois devenue quelqu'un d'autre. » Mais, oh ! mon Dieu ! s'écria Alice dans un nouveau jaillissement de larmes, j'aimerais *tant* que l'on m'appelle ! J'en ai *tellement* assez de rester seule ici ! »

En parlant, elle s'aperçut tout à coup qu'elle avait mis l'un des gants du Lapin. « Comment est-ce possible ? pensa-t-elle, je dois avoir rapetissé. » Elle se redressa et se mesura à la table. Autant qu'elle pouvait en juger, elle n'avait plus que trente centimètres de haut, et elle diminuait à vue d'œil. Elle comprit bien vite que c'était à cause de l'éventail qu'elle tenait, et le jeta juste assez tôt pour éviter de disparaître complètement.

« Il s'en est fallu de peu ! » se dit Alice, assez effrayée de ce brusque changement, mais bien contente d'être encore en vie. « Et maintenant, vite au jardin ! » Et à toute vitesse elle courut vers la petite porte. Mais, hélas ! la petite porte était fermée et la clef d'or se trouvait toujours sur la table de verre. « Tout va de

18

plus en plus mal, pensa la pauvre enfant, car je n'ai encore jamais été si petite, non, jamais ! Que je suis malheureuse ! »

A ces mots, son pied glissa et, plouf ! elle disparut jusqu'au menton dans l'eau salée. Sa première idée fut qu'elle était tombée à la mer. « En ce cas, je peux rentrer par le chemin de fer », se dit-elle. (Alice était allée une fois dans sa vie au bord de la mer et elle en avait tiré cette conclusion qu'on y trouve partout des cabines roulantes, des enfants qui creusent le sable avec des pelles, puis une rangée de villas, et, par-derrière, une gare.) Cependant, elle comprit bientôt qu'elle était tombée dans la mare formée par les larmes qu'elle avait versées quand elle mesurait trois mètres de haut.

« Je regrette d'avoir tant pleuré, se disait Alice en nageant. Je vais être bien punie maintenant que je vais me noyer dans mes propres larmes ! Ce *sera* un étrange accident, c'est certain ! Mais tout est si bizarre aujourd'hui. »

A ce moment, elle entendit quelque chose qui se débattait dans la mare et nagea dans la direction de ce bruit pour voir ce que c'était. D'abord elle pensa que ce devait être un phoque ou un hippopotame. Puis, se rappelant qu'elle était toute petite, elle se rendit compte que c'était seulement une souris qui avait perdu pied comme elle.

« Faut-il lui adresser la parole ? pensa Alice. Tout est si extraordinaire ici, il est probable qu'une souris peut parler. D'ailleurs, je ne risque rien. — O souris, connaissez-vous le moyen de sortir de cette mare ? J'en ai assez de nager. O souris ! » (Alice pensait que c'était ainsi qu'il fallait parler à une souris. Elle se souvenait en effet avoir lu dans la grammaire latine de son frère : « *une souris, d'une souris, à une souris, par une souris, ô souris !* ») La souris la regarda avec curiosité, cligna de l'œil, mais ne répondit pas.

« Peut-être qu'elle ne comprend pas l'anglais, pensa Alice, ce doit être une souris française venue avec Guillaume le Conquérant. » (Car, malgré toute sa connaissance de l'histoire, Alice n'avait aucune idée du temps qui s'était écoulé depuis cet événement.) Elle prononça soudain : « *Où est donc ma chatte ?* » C'était la première phrase de son livre de français. La souris fit un bond hors de l'eau et frissonna d'épouvante. « Oh ! pardon, s'écria Alice, désolée d'avoir effrayé la pauvre bête, j'oubliais que vous n'aimiez pas les chats.

— Non ! je n'aime pas les chats, cria la souris d'une voix suraiguë. Et vous, les aimeriez-vous si vous étiez à ma place ?

— Peut-être pas, dit Alice d'une voix aimable. Mais ne vous fâchez pas. J'aimerais tout de même vous présenter Dinah, ma chatte ; si vous la voyiez, je parie que vous seriez folle des chats, elle est si gentille. » Alice poursuivit à mi-voix, tout en nageant paresseusement dans la mare : « Et elle ronronne si adorablement, couchée près du feu, elle se lèche les pattes, se lave le museau, c'est si doux de la prendre dans ses bras, et elle attrape si bien les souris ! Oh ! pardon, s'écria Alice pour la seconde fois, car la souris était tout hérissée et Alice comprenait qu'elle l'avait gravement offensée. Nous n'en parlerons plus puisque cela vous fait si peur !

— *Nous,* vraiment ! s'écria la souris qui tremblait jusqu'au bout de la queue. Comme si, *moi,* j'avais abordé un pareil sujet ! Notre famille a toujours *exécré* les chats, ces créatures vicieuses, méprisables, vulgaires ! Je ne veux jamais plus en entendre parler !

— Je vous le promets ! dit Alice, pressée de détourner la conversation. Préférez-vous les chiens ? »

La souris ne répondit pas et Alice continua vivement :

« Il y en a un si drôle près de chez nous ! Je voudrais vous le  montrer : un petit fox-terrier avec des yeux brillants, vous savez, et de longs poils bruns frisés ! Il rapporte tout ce qu'on lui jette, il fait le beau pour avoir un sucre, il fait toutes sortes de choses… Je ne peux m'en rappeler la moitié. Il appartient à un fermier, vous savez, et le fermier dit qu'un chien comme ça, c'est une valeur inestimable, — pensez qu'il tue tous les rats et — oh ! mon Dieu, s'écria Alice d'un ton désolé, je l'ai encore offensée. » Car la souris s'éloignait en nageant de toutes ses forces, si bien que la mare était fort agitée.

Alice l'appela d'une voix caressante :

« Petite souris ! Reviens, je t'en prie, nous ne parlerons plus ni de chats ni de chiens, puisque tu ne les aimes pas ! »

Lorsque la souris entendit cela, elle fit demi-tour et nagea doucement vers Alice. Sa figure était pâle (de colère, pensa

Alice) et elle dit d'une voix sourde et tremblante : « Allons sur le rivage, je vous raconterai mon histoire, et vous comprendrez pourquoi je hais les chats et les chiens. »

Il était grand temps de partir, car la mare était pleine d'oiseaux qui étaient tombés dedans. Il y avait un Canard, un Dodo, un Lory, un Aiglon et nombre de créatures curieuses. Alice se mit à leur tête et toute la bande nagea vers la terre ferme.

CHAPITRE TROIS

Une course à la Caucus et une longue histoire

C E fut, à la vérité, une drôle d'assemblée qui se réunit sur le rivage ; les oiseaux traînaient leurs plumes mouillées, les autres bêtes avaient leurs poils collés au corps, et tous ruisselaient, furieux et mal à l'aise.

La première question fut de savoir comment se sécher. Ils se consultèrent sur ce problème et, au bout de quelques minutes, Alice trouva tout naturel de parler familièrement avec eux, comme si elle les avait fréquentés toute sa vie. A vrai dire, elle eut une assez longue discussion avec le Lory qui devint maussade, répétant sans cesse : « Je suis plus vieux que vous, donc je sais mieux que vous. » Ce qu'Alice ne voulut pas reconnaître sans savoir quel âge il avait ; et comme le Lory refusait catégoriquement de répondre, la discussion tourna court.

A la fin, la Souris, qui semblait exercer une certaine autorité sur l'assemblée, ordonna : « Asseyez-vous tous et écoutez-moi ! J'aurai vite fait de vous *sécher !* » Ils formèrent donc un large cercle, avec la Souris au milieu. Alice la regardait de tous ses yeux, car elle sentait qu'elle allait attraper un méchant rhume si elle n'était pas bientôt sèche.

« Hem ! dit la Souris d'un air important. Êtes-vous prêts ? Voici ce que je connais de plus sec ! Silence, s'il vous plaît ! Guillaume le Conquérant dont la cause était soutenue par le pape fut bientôt reconnu par les Anglais qui voulaient un chef, après avoir été habitués à l'usurpation et à la conquête. Edwin et Morcar, seigneurs de Mercie et de Northumbrie…

— Ouf ! fit le Lory en frissonnant.

— Je vous demande pardon ! dit la Souris d'un air pincé, mais très poliment. Avez-vous parlé ?

— Moi, non ! se hâta de répondre le Lory.

— J'avais cru, dit la Souris. Je continue : Edwin et Morcar, seigneurs de Mercie et de Northumbrie, prirent son parti ; et même Stigand, l'archevêque patriote de Canterbury, trouva cela raisonnable.

23

— Trouva *quoi ?* fit le Canard.

— Trouva *cela,* répliqua la Souris très irritée. Vous savez tout de même bien ce que *cela* veut dire.

— Je sais bien ce que *cela* veut dire, quand je trouve une chose, dit le Canard, c'est en général une grenouille ou un ver. La question est : Qu'est-ce que trouva l'archevêque ? »

La Souris, sans tenir compte de cette question, poursuivit fébrilement : « Trouva cela raisonnable d'aller avec Edgar Atheling au-devant de Guillaume et de lui offrir la couronne. Tout d'abord, Guillaume se conduisit avec modération, mais l'insolence de ses Normands… Comment vous sentez-vous maintenant ? dit-elle en se tournant vers Alice.

— Toujours aussi mouillée ! dit Alice d'un ton mélancolique. Ça n'a pas l'air de me sécher du tout.

— En ce cas, dit le Dodo, en se redressant solennellement, je propose l'ajournement de l'assemblée et l'adoption immédiate de remèdes plus énergiques.

— Parlez plus clairement, dit l'Aiglon. Je ne connais pas le sens de la moitié de ces beaux mots et, de plus, je ne crois pas que vous les compreniez vous-même ! » Et l'Aiglon baissa la tête pour cacher un sourire ; quelques-uns des autres oiseaux ricanèrent ostensiblement.

« J'allais justement dire, continua le Dodo d'un ton offensé, que la meilleure chose à faire pour se sécher était une course à la Caucus.

— Qu'est-ce qu'une course à la Caucus ? dit Alice ; non qu'elle désirât beaucoup le savoir, mais le Dodo s'était arrêté comme s'il attendait que quelqu'un parlât et personne ne semblait disposé à le faire.

— Eh bien, dit le Dodo, le meilleur moyen d'expliquer la chose c'est de la faire. » (Et comme vous pourriez vouloir profiter de la recette un jour d'hiver, je vais vous dire ce que fit le Dodo.)

D'abord, il délimita une piste plus ou moins ronde : « La forme exacte importe peu », dit-il ; ensuite toute la bande fut éparpillée dans le champ de course. Personne ne dit : « Un, deux, trois ! Partez ! » Mais ils couraient selon leur bon plaisir et ils s'arrêtaient à leur gré, en sorte qu'il n'était pas facile de savoir

quand la course finirait. Cependant, après une demi-heure de course, ils furent enfin secs et le Dodo proclama brusquement : « La course est finie ! » A bout de souffle, ils s'assemblèrent tous autour de lui pour demander : « Mais qui a gagné ? »

A cette question, le Dodo ne pouvait répondre sans réfléchir longuement et il s'assit pendant un bon moment, un doigt sur le front (la position dans laquelle on voit habituellement Shakespeare sur les gravures), tandis que les autres attendaient en silence. A la fin, le Dodo déclara : « *Tout le monde* a gagné et chacun doit avoir un prix.

— Mais qui donnera les prix ? demandèrent-ils en chœur.

— Eh bien, *elle,* naturellement », dit le Dodo en désignant Alice du doigt. Aussitôt toute la bande se serra autour d'Alice, hurlant pêle-mêle : « Les prix ! les prix ! »

Alice ne savait que faire. En désespoir de cause, elle plongea une main dans sa poche et en retira une boîte de dragées (par chance, elles n'étaient pas fondues). Elle les offrit à la ronde. Il y en avait exactement une pour chacun.

« Mais elle doit avoir un prix, elle aussi, dit la Souris.

— Évidemment, approuva gravement le Dodo. Qu'avez-vous d'autre dans votre poche ? continua-t-il en se tournant vers Alice.

— Rien qu'un dé à coudre, dit Alice tristement.

— Donnez-le », dit le Dodo.

Alors ils se rassemblèrent autour d'elle et le Dodo lui présenta solennellement le dé en disant : « Nous vous prions de bien vouloir accepter cet élégant dé à coudre. » Et, quand il eut fini ce bref discours, tous applaudirent.

Alice trouva cette cérémonie absurde, mais ils avaient l'air si sérieux qu'elle n'osa pas rire. Et comme elle ne savait que répondre, elle s'inclina poliment et prit le dé, aussi solennellement qu'il était possible.

Restait à manger les dragées ; ce qui n'alla pas sans bruit ni confusion, car les grands oiseaux se plaignirent de ne pouvoir en sentir le goût et les petits s'étouffèrent si bien qu'il fallut leur taper dans le dos. Quoi qu'il en fût, ils en vinrent à bout et s'assirent en cercle, en priant la Souris de leur raconter une nouvelle histoire.

« Vous m'avez promis de me raconter votre histoire, vous savez, lui rappela Alice, et de me dire pourquoi vous haïssiez les *ch...* et les *ch...,* ajouta-t-elle dans un murmure, craignant de l'offenser une fois de plus.

— *C'est que,* c'est une histoire bien longue et bien triste que la mienne, dit la Souris en se tournant vers Alice et en soupirant.

— *Cette « queue »* est bien longue, c'est certain, dit Alice en regardant rêveusement la queue de la Souris, mais pourquoi

27

dites-vous qu'elle est triste ? » Et elle continua à chercher la solution de ce problème pendant que la Souris parlait, en sorte que l'histoire se présenta à ses yeux de cette façon :

Fury dit à
une souris qu'
il rencontra dans
la maison : « Allons
tous deux en
justice, je
veux vous
poursuivre.
Venez, je
n'accepte pas
d'excuse ; nous
devons nous fai-
re un procès,
car vraiment
ce matin
je n'ai
rien à
faire. »
La souris
dit au
roquet :
« Faire un tel
procès, cher
Monsieur,
sans jury
ni juge,
serait per-
dre notre
temps.
– Je serai
le juge,
et le
jury,
dit ce
vieux
malin
de Fury,
je ju-
gerai
la cause
et vous
condam-
nerai
à
m
o
r
t
!

« Vous ne m'écoutiez pas, dit la Souris sévèrement à Alice. A quoi pensiez-vous ?

— Je vous demande bien pardon, dit Alice humblement. Vous étiez arrivée, je crois, à la cinquième courbe ?

— *Je ne*... s'écria la Souris furieuse.

— Un *nœud,* dit Alice, regardant curieusement autour d'elle, toujours prête à se rendre utile. Oh ! laissez-moi vous aider à le dénouer !

— Certes pas, dit la Souris qui se leva et s'éloigna. Vous m'insultez en disant de telles sottises !

— Je n'en avais pas l'intention, plaida la pauvre Alice. Mais vous savez, vous êtes trop susceptible ! »

Pour toute réponse, la Souris grogna.

« Je vous en prie, revenez et finissez votre histoire ! » cria Alice. Et les autres, tous en chœur : « Oh ! oui, revenez ! » Mais la Souris ne fit que secouer la tête avec colère et courir un peu plus vite.

« Quel dommage qu'elle soit partie ! » soupira le Lory, dès qu'elle fut hors de vue. Une vieille mère Crabe en profita pour dire à sa fille : « Ah ! ma chérie, puisse cela vous apprendre à ne jamais *vous* mettre en colère ! » « Suffit, m'man ! dit la jeune Crabe, avec impertinence. Vous feriez perdre patience à une huître ! »

« Je voudrais bien que Dinah soit ici, dit Alice à voix haute, ne s'adressant à personne en particulier. Elle aurait beau jeu de la rattraper !

— Et qui est Dinah ? s'il n'est pas indiscret de vous poser cette question ? » demanda le Lory.

Alice, qui était toujours prête à parler de sa chère petite chatte, répondit avec empressement : « Dinah est ma chatte. Et ce qu'elle attrape bien les souris, c'est incroyable ! Et, oh ! je voudrais que vous la voyiez chasser les oiseaux ! Un petit oiseau n'est pas aussitôt vu qu'il est déjà croqué ! » Ce discours provoqua une étonnante réaction dans l'assemblée ; certains oiseaux s'enfuirent sur-le-champ. Une vieille Pie s'emmitoufla très soigneusement en remarquant : « Je dois vraiment rentrer à la maison, l'air du soir est dangereux pour ma gorge ! » Et un Canari appela ses enfants d'une voix tremblante : « Venez vite,

29

mes chéris. Il est temps d'aller au lit. » Ils s'en allèrent tous sous différents prétextes et Alice resta bientôt seule.

« Je n'aurais pas dû parler de Dinah ! se dit-elle d'un ton mélancolique. Personne ne semble l'aimer ici et pourtant il n'y a pas meilleure chatte au monde ! Oh ! ma Dinah chérie ! Je me demande si je te reverrai un jour ! » Et là-dessus la pauvre Alice se remit à pleurer, car elle se sentait abandonnée et découragée. Au bout d'un moment, elle entendit un léger trottinement dans le lointain et elle essaya de distinguer qui approchait, avec le vague espoir que la Souris avait changé d'avis et revenait pour finir son histoire.

CHAPITRE QUATRE

Le petit Bill dans la cheminée

C'ÉTAIT le Lapin Blanc ; il revenait d'un pas circonspect en regardant anxieusement autour de lui comme s'il avait perdu quelque chose, et elle l'entendit bougonner : « La Duchesse ! La Duchesse ! Oh ! mes chères pattes ! Oh ! ma fourrure ! Oh ! mes moustaches ! Elle me fera exécuter, aussi sûr qu'un furet est un furet ! Où ai-je pu *les* perdre ? » Alice devina qu'il cherchait son éventail et sa paire de gants de chevreau blancs. Comme elle avait bon cœur, elle se mit à les chercher. Mais en vain. Tout semblait avoir changé depuis l'aventure de la mare aux larmes, le grand couloir avec la table de verre et la petite porte avaient entièrement disparu.

Bientôt, le Lapin aperçut Alice. Il l'appela d'une voix indignée : « Marie-Anne, que diable *faites-vous* ici ? Courez à la maison et rapportez-moi une paire de gants et un éventail. Allons ! Plus vite que ça ! » Et Alice fut si effrayée qu'elle partit en courant dans la direction indiquée sans tenter d'expliquer qu'il y avait erreur.

« Il m'a prise pour sa servante, se dit-elle. Comme il sera surpris quand il découvrira qui je suis ! Mais il vaut mieux que je lui rapporte son éventail et ses gants, si je peux les trouver. ». Elle arriva ainsi devant une gentille maisonnette. Sur la porte, il y avait une plaque de cuivre gravée au nom de « J. LAPIN ». Elle entra sans frapper et grimpa les escaliers quatre à quatre dans la crainte de rencontrer la vraie Marie-Anne et d'être mise à la porte avant d'avoir trouvé l'éventail et les gants.

« Comme c'est drôle, se dit-elle, de faire des commissions pour un lapin ! Je suppose que bientôt j'obéirai à Dinah ! » Et elle imagina la scène suivante : « Mademoiselle Alice ! Venez ici et tenez-vous prête pour la promenade ! » « J'arrive, Nounou, mais je dois surveiller un trou de souris jusqu'au retour de Dinah et empêcher la souris de sortir. » Seulement, je ne pense pas,

continua Alice, que l'on garderait Dinah à la maison s'il lui prenait fantaisie de commander les gens comme ça ! »

Elle pénétra dans une petite chambre bien propre, avec une table devant la fenêtre. Comme elle l'avait espéré, un éventail et deux ou trois paires de gants blancs étaient posés sur cette table. Elle prit l'éventail et une paire de gants, et elle allait quitter là pièce lorsque son regard s'arrêta sur une bouteille posée près du miroir. Il n'y avait pas cette fois d'étiquette avec les mots « BOIS-MOI », pourtant elle la déboucha et la porta à ses lèvres. « Je sais que *quelque chose* d'intéressant doit se produire, quand je mange ou quand je bois, se dit-elle. Je vais me rendre compte de l'effet produit par cette bouteille. J'espère qu'elle me fera retrouver ma taille normale car, vraiment, j'en ai assez d'être si petite ! »

Ce qu'elle souhaitait arriva bien plus vite qu'elle ne s'y attendait. Elle n'avait pas bu la moitié de la bouteille que sa tête s'écrasait contre le plafond, et elle dut s'arrêter net de boire pour n'avoir pas le cou brisé.

Elle posa vite la bouteille en disant : « C'est assez ; j'espère que je ne vais plus grandir ; même maintenant, je ne peux plus sortir par la porte ; je regrette d'avoir tant bu ! »

Hélas ! il était trop tard ! Elle n'arrêtait plus de grandir, de grandir… et bientôt elle dut s'agenouiller sur le parquet. En une minute, même dans cette position, elle n'eut plus assez de place et essaya de se coucher, un coude contre la porte et l'autre bras replié autour de la tête. Mais elle continua de grandir et n'eut d'autre ressource que de passer un bras par la fenêtre, un pied dans la cheminée : « Maintenant je ne peux rien faire d'autre, *que va-t-il m'arriver ?* » se dit-elle.

Par bonheur pour Alice, la petite bouteille magique avait accompli son effet. Alice cessa de grandir. Néanmoins, la position était très incommode et comme il n'y avait apparemment aucune chance pour qu'elle pût jamais sortir de cette chambre, il ne faut pas s'étonner si Alice se sentit malheureuse.

« C'était quand même plus agréable à la maison, pensa-t-elle ; je n'étais pas toujours ou trop grande ou trop petite et je n'étais commandée ni par les souris ni par les lapins. Je

souhaiterais presque n'être jamais descendue dans ce terrier…
et pourtant… et pourtant, c'est plutôt drôle, vous savez, ce genre
de vie ! Je me demande ce qui a bien pu m'arriver ! Quand je
lisais des contes de fées, je m'imaginais que ces sortes de choses
n'arrivent jamais, et maintenant je suis dans un conte de fées. On
devrait écrire un conte de fées là-des-sus, oui, on devrait ! Quand
je serai grande, j'en écrirai un ; mais je suis grande maintenant,
ajouta-t-elle d'une voix triste, en tout cas, il n'y a plus de place
pour grandir *ici*.

« Mais alors, pensa Alice, je ne serai jamais plus vieille que
maintenant ? Dans un sens, c'est consolant − ne jamais être une
vieille dame − mais alors, j'aurai toujours des leçons
à apprendre ! oh ! je n'aimerais pas *ça !* − Oh ! petite sotte ! se
répondit-elle, comment peut-on apprendre des leçons ici ? Il
y a tout juste assez de place pour moi, et pas de place du tout pour
des livres ! »

Elle continua ce dialogue, se posant des questions et
y répondant, mais bientôt elle entendit une voix au-dehors et
s'arrêta de penser pour écouter. « Marie-Anne, Marie-Anne !
criait la voix. Mes gants, immédiatement ! » Il y eut un bruit de
petits pas dans l'escalier. Alice comprit que c'était le Lapin Blanc
qui venait la chercher et elle se mit à trembler au point de secouer
la maison, oubliant qu'elle était mille fois plus grosse que le
Lapin et qu'elle n'avait aucune raison d'avoir peur de lui.

Le Lapin Blanc arriva devant la porte et essaya de l'ouvrir,
mais comme la porte s'ouvrait à l'intérieur et que le coude
d'Alice la bloquait, il ne put la faire bouger. Alice l'entendit
marmonner : « Tant pis, je passerai par la fenêtre. »

« *Ça non !* » pensa Alice, et elle attendit jusqu'à ce que le
Lapin fût, autant qu'elle put en juger, arrivé sous la fenêtre ;
alors elle allongea brusquement la main pour l'attraper. Elle ne
saisit rien du tout, mais elle perçut un petit cri et une chute, puis
un fracas de vitres brisées, d'où elle conclut que, probablement,
le Lapin était tombé sur une cloche à melon ou quelque chose
comme ça.

Ensuite une voix furieuse, celle du Lapin, se fit entendre.
« Pat ! Pat ; où êtes-vous ? » Et alors une voix qu'elle n'avait
jamais entendue : « Oui, je suis là ! en train de déterrer des
pommes, Vot'Honneur ! »

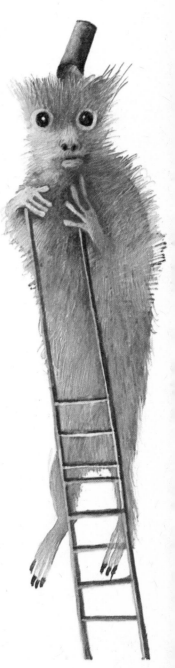

— En train de déterrer des pommes, vraiment ! dit le Lapin Blanc avec rage. Ici tout de suite ! sortez-moi de là ! »

(Nouveau bruit de verre brisé.)

« Maintenant, Pat, dis-moi, qu'est-ce qu'il y a dans la fenêtre, regarde !

— Pour sûr, Vot'Honneur, c'est un bras ! (Il prononçait « brraa ».)

— Un bras, espèce d'oie ! A-t-on jamais vu un bras de cette taille ? Il remplit toute la fenêtre !

— Pour sûr, mais c'est un bras tout de même !

— Bon ! mais qu'est-ce qu'il fait là ? Enlevez-moi ça tout de suite ! »

Il y eut un long silence et Alice ne distingua plus qu'un chuchotement de temps en temps : « Pour sûr, j'aime pas ça du tout, Vot'Honneur. — Fais ce que je te dis, froussard ! » Enfin elle allongea la main et essaya d'attraper ce qui se trouverait à sa portée. Cette fois, il y eut *deux* petits cris et un plus grand fracas de verres brisés. « Il y en a des cloches à melon ! pensa Alice. Je me demande ce qu'ils vont faire ! Pour ce qui est de vouloir me retirer de la fenêtre, je ne demande pas mieux ! Il est certain que je ne tiens pas à rester ici ! »

Au bout d'un moment, elle entendit un roulement de petite charrette et le brouhaha de plusieurs voix parlant ensemble ; elle comprit les paroles suivantes : « Où est l'autre échelle ? — Comment ? je n'en ai qu'une. — Bill a l'autre. — Bill, apportez-la ici, mon garçon ! — Ici, pose-les dans ce coin. — Non, il faut d'abord les mettre bout à bout. — Elles ne montent pas assez haut. — Oh ! elles sont bien suffisantes, ne soyez pas trop difficile. — Ici, Bill ! attrape cette corde. — Est-ce que le toit sera assez solide ? — Attention aux ardoises. — Oh ! elle tombe ! Gare les têtes ! (Bruit de chute.)

— Maintenant qui a fait ça ? — Bill, je parie. — Qui va descendre par la cheminée ? — Non, pas moi ! Vas-y, toi — Oh ! non ! jamais ! — C'est à Bill d'y aller. — Ici, Bill ! Le maître dit que tu dois descendre par la cheminée ! »

« Oh ! ainsi Bill va descendre par la cheminée ? se dit Alice. Ils ont l'air de tout lui mettre sur le dos ! Je ne voudrais pas être à sa place. La cheminée est étroite, c'est certain, mais je *crois* pouvoir donner un petit coup de pied dedans ! »

34

Elle enfonça son pied aussi avant qu'elle put dans la cheminée et attendit ; un petit animal (elle ne put deviner de quelle espèce), tâtonnant et s'agrippant aux parois de la cheminée, descendit juste au-dessus de son pied. « C'est Bill », se dit-elle. Elle donna un petit coup sec et attendit ce qui allait se produire.

D'abord ce fut un cri général. « Voilà Bill ! » puis la voix du Lapin : « Attrapez-le, vous là-bas, à côté de la haie ! » puis le silence, et un autre brouhaha. « Relevez-lui la tête — vite, un peu d'alcool — ne le secouez pas. — Comment ça va, mon vieux ? qu'est-ce qui t'est arrivé ? Raconte-nous ça ! »

Enfin elle entendit une voix faible et gémissante (la voix de Bill, pensa-t-elle). « Ben, je n'en sais trop rien — assez, merci, je me sens mieux — mais je suis trop troublé pour vous raconter — tout ce que je sais, c'est que quelque chose a sauté comme un diable de sa boîte, et je suis parti droit dans le ciel comme une fusée !

— C'était tout à fait ça, mon vieux ! dirent les autres.

— Il faut brûler la maison ! » dit le Lapin. Alors Alice cria aussi haut qu'elle put : « Si vous faites ça, je lance Dinah à vos trousses ! »

Un silence de mort suivit et Alice pensa : « Je me demande ce qu'ils vont faire ! S'ils avaient un peu de bon sens, ils soulèveraient le toit. » Après une ou deux minutes, ils commencèrent à se remuer et Alice entendit le Lapin qui disait : « Une brouettée suffira pour commencer. »

« Une brouettée *de quoi ?*» pensa Alice ; mais elle ne resta pas longtemps dans l'incertitude, car une grêle de petits cailloux vint cingler la fenêtre et quelques-uns l'atteignirent à la figure. « Je vais arrêter ça », se dit-elle, et elle cria : « Vous feriez mieux de ne pas recommencer ! » Ce qui provoqua un autre silence de mort.

Alice remarqua avec surprise que les cailloux sur le plancher se changeaient en petits fours et une idée lumineuse jaillit dans son esprit : « Si je mange l'un de ces petits fours, pensa-t-elle, cela changera sûrement ma taille ; et comme il est impossible que je devienne plus grosse, je ne peux que devenir plus petite. »

Sur ce, elle avala un gâteau et fut ravie de constater qu'elle diminuait. Dès qu'elle fut assez petite pour passer par la porte, elle bondit hors de la maison, et trouva une foule de petits animaux et d'oiseaux réunis en cercle. Le pauvre petit Lézard, Bill, était au milieu, soutenu par deux cochons d'Inde, qui lui faisaient boire quelque chose. Tous se ruèrent sur Alice lorsqu'elle apparut, mais elle s'enfuit à toutes jambes et se trouva bientôt en sécurité dans un bois épais.

« La première chose que j'aie à faire, se dit Alice en errant dans le bois, c'est de retrouver ma taille normale, et la deuxième, c'est de retrouver le chemin du merveilleux jardin. Je pense que c'est le meilleur plan. »

Un excellent plan, évidemment, à la fois très net et très clair. La seule difficulté était de le réaliser. Tandis qu'elle regardait anxieusement à travers les arbres, un bref aboiement juste au-dessus de sa tête lui fit lever les yeux. Un énorme petit chien la regardait de haut avec de grands yeux ronds et allongeait doucement une patte vers elle. « Pauvre petit », dit Alice d'un ton cajoleur, et elle s'efforça de le siffler ; mais elle fut épouvantée à la pensée que le chien pouvait être affamé et la manger en dépit de ses cajoleries.

Sachant à peine ce qu'elle faisait, elle ramassa une petite baguette et la tendit au chien. Il sauta en l'air avec un jappement

de plaisir et bondit sur la baguette pour la mordre. Alice s'esquiva derrière un chardon géant pour éviter d'être écrasée. Dès qu'elle apparut de l'autre côté, le chien se précipita sur la baguette et fit une culbute. Alors Alice, qui avait l'impression de jouer avec un cheval de labour et qui s'attendait à chaque instant à être piétinée sous ses pattes, courut autour du chardon, et le chien commença une série de charges, courant voix rauque. Enfin il s'arrêta à proximité, essoufflé, langue pendante, ses grands yeux à demi fermés.

Alice estima que c'était le moment de fuir et courut à perdre haleine jusqu'à ce que l'aboiement du chien fût à peine perceptible.

« Et pourtant, quel gentil petit chien c'était ! » dit Alice, appuyée sur un bouton d'or pour se reposer, et tout en s'éventant avec les feuilles. « J'aurais aimé lui enseigner des tours. Si... si seulement j'étais assez grande ! Oh ! mon Dieu ! j'allais presque oublier que je dois encore grandir ! Voyons, comment faire ? Je suppose qu'il me faudrait manger ou boire, mais quoi ? »

La grande question était certainement : « Quoi ? » Alice parcourut du regard les fleurs et les brins d'herbe, mais rien ne semblait pouvoir être bu ou mangé. Il y avait un champignon près d'elle, à peu près de sa taille, et quand elle eut regardé en dessous, puis de chaque côté, puis derrière, elle se dit qu'elle pourrait aussi bien regarder dessus.

Elle se dressa sur la pointe des pieds, jeta un coup d'œil sur le bord du champignon et vit une grosse chenille bleue assise au sommet, les bras croisés, fumant tranquillement un grand calumet, et qui semblait ne s'occuper de rien ni de personne.

CHAPITRE CINQ

Conseils d'une Chenille

LA Chenille et Alice se regardèrent pendant un bout de temps. Enfin la Chenille retira le calumet de sa bouche et demanda d'une voix languissante et ensommeillée : « Qui êtes-*vous ?* »

Ce n'était pas très encourageant. Alice répondit timidement : « Je... je ne sais pas trop, madame, pour le moment, ...en tout cas, je sais qui *j'étais* quand je me suis levée ce matin, mais je crois avoir changé plusieurs fois depuis.

— Que voulez-vous dire ? demanda sévèrement la Chenille. Expliquez-vous !

— Je ne peux pas m'expliquer *moi-même,* voyez-vous, dit Alice, parce que je ne suis pas moi-même.

— Je ne comprends pas, dit la Chenille.

— Je regrette de ne pas pouvoir m'expliquer plus clairement, répondit Alice très poliment, car je ne comprends pas moi-mê-me, et changer si souvent de taille en une seule journée, il y a vraiment de quoi vous troubler les idées.

— Il n'y a pas de quoi, dit la Chenille.

— Vous ne savez peut-être pas encore, dit Alice, mais quand vous serez changée en chrysalide — et cela vous arrivera un jour, vous savez — et puis ensuite, quand vous deviendrez un papillon, vous trouverez ça plutôt bizarre, ne croyez-vous pas ?

— Pas du tout, répliqua la Chenille.

— C'est possible, vous changerez peut-être d'avis. Tout ce que je sais, c'est qu'à *moi,* cela paraîtrait bizarre.

— Vous, dit la Chenille avec mépris. Qui êtes-*vous ?* »

Ce qui les ramena au commencement de leur conversation. Alice était un peu indignée par le ton des remarques si *peu* aimables de la Chenille ; elle se redressa de toute se hauteur et dit très gravement : « Je pense que vous devriez d'abord me dire qui *vous* êtes.

— Pourquoi ? » fit la Chenille.

C'était une question embarrassante. Et comme Alice ne trouvait rien à répondre et que la Chenille semblait de *très* mauvaise humeur, elle tourna le dos pour s'en aller.

« Restez ! ordonna la Chenille. J'ai quelque chose d'important à vous communiquer ! »

Cela était plus prometteur. Alice revint sur ses pas.

« Calmez-vous, dit la Chenille.

— Est-ce tout ? dit Alice, dissimulant de son mieux sa colère.

— Non », dit la Chenille.

Alice pensa qu'elle pouvait bien attendre (puisqu'elle n'avait rien d'autre à faire). Peut-être, après tout, entendrait-elle quelque chose qui valût la peine d'être écouté. La Chenille lança silencieusement quelques bouffées de fumée, enfin elle décroisa les bras, retira le calumet de sa bouche et dit :

« Ainsi, vous pensez que vous n'êtes plus la même ?

— C'est bien ça, madame, dit Alice, je ne me rappelle plus bien ce que je savais — et il ne peut se passer dix minutes sans que je change de taille !

— Qu'est-ce que vous saviez donc ? dit la Chenille.

— Hélas ! j'ai essayé de dire : « *Comment la petite abeille* », mais ce n'était pas du tout ça, dit Alice mélancoliquement.

— Récitez : « *Vous êtes vieux, père Guillaume* », dit la Chenille.

Alice croisa les bras et commença :

« Vous êtes vieux, père Guillaume, dit le jeune homme,
Et vos cheveux sont devenus très blancs :
Et pourtant vous vous tenez toujours la tête en bas,
Croyez-vous que ce soit normal à votre âge ?
— Dans ma jeunesse, répondit le père Guillaume à son fils,
J'avais peur que ça ne m'abîme la cervelle,
Mais maintenant que je sais très bien que je n'en ai pas,
Je fais et je refais cet exercice sans cesse.

— Vous êtes vieux, dit le jeune, comme je l'ai déjà dit,
Et vous avez pris un embonpoint peu ordinaire ;
Pourtant vous passez la porte en faisant le saut périlleux.
Donnez-m'en la raison, je vous prie ?

— *Dans ma jeunesse, dit le Sage en secouant ses mèches grises,*
J'ai entretenu la souplesse de mes membres
En les enduisant de cette pommade à cinq francs la boîte.
Permettez-moi de vous en vendre deux.

— *Vous êtes vieux, dit le jeune, et vos dents ne sont bonnes*
Tout juste qu'à broyer du beurre ;
Pourtant vous avez dévoré toute l'oie, y compris les os et
   le bec ;
Comment donc vous y êtes-vous pris ?
— *Dans ma jeunesse j'ai fait mon droit, dit le père,*
Et discuté tous les cas possibles avec ma femme,
Grâce à quoi ma mâchoire a acquis une force
Qui durera toute ma vie.

— *Vous êtes vieux, dit le jeune. On ne peut croire*
Que votre œil soit aussi perçant qu'autrefois ;
Pourtant vous faites tenir une anguille en équilibre
   sur le bout de votre nez ;
Comment êtes-vous devenu si diablement adroit ?

— J'ai répondu à trois questions et c'est assez,
Dit le père, n'allez pas vous donner des airs !
Me croyez-vous capable d'écouter toute la journée de telles
     idioties ?
Filez ou je vous fais descendre l'escalier à coups de pied !

— Ce n'est pas ça, dit la Chenille.

— Non, pas tout à fait, dit timidement Alice ; j'ai changé quelques mots.

— Pas du tout ça. C'est faux du commencement à la fin », répliqua vertement la Chenille.

Un long silence suivit.

La Chenille enfin reprit : « Quelle taille voulez-vous avoir ?

— Oh ! cela m'est assez indifférent ! se hâta de répondre Alice. Ce que je n'aime pas, c'est changer de taille si souvent, vous savez.

— *Je ne sais pas* », dit la Chenille.

Alice ne dit rien : jamais encore on ne l'avait contredite à ce point, elle sentit qu'elle allait se mettre en colère.

« Êtes-vous contente comme vous êtes ? dit la Chenille.

— A vrai dire, je préférerais être *un peu* plus grande, madame, si ça ne vous fait rien, dit Alice. Dix centimètres, c'est une taille si misérable !

— C'est une très bonne taille, dit la Chenille, furieuse, se dressant de toute sa hauteur (elle mesurait exactement dix centimètres).

— Mais je n'ai pas l'habitude d'être si petite », plaida la pauvre Alice d'une voix désespérée. Et elle pensa : « Je voudrais bien que ces êtres-là ne soient pas si irritables ! »

« Vous vous habituerez peu à peu », dit la Chenille qui remit le calumet dans sa bouche et recommença à fumer.

Cette fois, Alice attendit patiemment. Au bout d'une ou deux minutes, la Chenille retira le calumet de sa bouche et bâilla une ou deux fois, puis s'étira. Ensuite, elle descendit du champignon, s'éloigna en rampant dans l'herbe et dit d'un air indifférent : « Un côté vous fera plus grande, l'autre vous fera plus petite. »

« Un côté de *quoi ?* » pensa Alice.

« Du champignon », dit la Chenille, comme si Alice avait parlé, et bientôt elle fut hors de vue.

Alice resta pensive devant le champignon, s'efforçant de distinguer les deux côtés. Mais comme il était parfaitement rond ce n'était pas facile. Enfin, elle étendit les bras autour et en cassa un morceau avec chacune de ses mains.

« Et maintenant lequel ? » se dit-elle, et elle grignota un peu le morceau qu'elle tenait dans sa main droite pour voir ce qui allait se passer ; dans la seconde qui suivit, elle sentit un violent coup sous la mâchoire : son menton venait de rencontrer son pied.

Ce brusque changement l'épouvanta. Mais elle comprit qu'il n'y avait pas de temps à perdre, car elle disparaissait rapidement ; aussi se mit-elle aussitôt au travail pour essayer de manger de l'autre morceau. Son menton était écrasé contre son pied, en sorte qu'elle pouvait à peine ouvrir la bouche, mais elle réussit tout de même à avaler un bout du morceau qu'elle tenait dans la main gauche.

« Enfin, ma tête est libérée », dit Alice avec un ravissement qui se changea en angoisse quand elle s'aperçut que ses épaules avaient disparu. Tout ce qu'elle pouvait voir, en regardant en bas, c'était un cou immense qui semblait jaillir comme une tige géante d'une mer de feuilles vertes.

« *Qu'est-ce* que c'est que cette verdure ? se dit Alice, et *où* sont passées mes épaules ? Et, oh ! mes pauvres mains ! Comment se fait-il que je ne peux pas vous voir ? » Elle les agitait en parlant, mais il n'en résultait rien de visible si ce n'est une légère agitation des feuilles.

Comme il semblait qu'elle n'avait aucune chance de ramener ses mains à sa tête, elle essaya de rapprocher sa tête de ses mains, et fut heureuse de constater que son cou pouvait se courber facilement dans toutes les directions, comme un serpent. Elle avait justement réussi à le plier dans un gracieux zigzag et était sur le point de plonger dans les feuilles qui n'étaient autre chose que la cime des arbres sous lesquels elle s'était promenée, quand un sifflement aigu la fit reculer. Un pigeon se précipitait sur elle et la frappait violemment de ses ailes.

« Serpent ! criait le Pigeon.

— Je ne suis *pas* un serpent ! dit Alice, indignée. Laissez-moi tranquille !

— Serpent, je le répète ! » cria le Pigeon, d'une voix brisée. Et il ajouta, dans une sorte de sanglot : « J'ai tout essayé, mais rien n'y fait !

— Je n'ai pas la moindre idée de ce que vous voulez dire !

— J'ai essayé les racines des arbres et j'ai essayé le bord des rivières et j'ai essayé les haies, poursuivit le Pigeon sans l'écouter ; mais avec ces serpents, il n'y a rien à faire ! »

Alice était de plus en plus ahurie, mais elle pensa qu'il valait mieux attendre que le Pigeon ait fini.

« Comme si ce n'était pas assez d'avoir à couver les œufs, dit le Pigeon, il faut encore que je veille jour et nuit à cause des serpents ! Je n'ai pas eu une seconde de repos depuis trois semaines !

— Je vous plains beaucoup, dit Alice qui commençait à comprendre.

— Et juste au moment où j'avais choisi l'arbre le plus haut, continua le Pigeon d'une voix brisée, et où je pensais que je serais enfin débarrassé, il faut qu'ils descendent du ciel en se tortillant ! Hou, Serpent !

— Mais je ne suis *pas* un serpent, je vous assure, dit Alice, je suis une… je suis une…

— Eh bien, qu'est-ce que vous êtes ? dit le Pigeon ; je vois bien que vous essayez d'inventer quelque chose !

— Je suis… je suis une petite fille, dit Alice, sans trop d'assurance, car elle se souvenait des nombreux changements par lesquels elle était passée ce jour-là.

— Invention vraisemblable, en vérité ! dit le Pigeon, sur un ton de profond mépris. J'ai vu pas mal de petites filles, mais pas *une* avec un cou comme celui-là ! Non ! Non ! Vous êtes un serpent, inutile de le nier. Je suppose que vous allez me dire que vous n'avez jamais goûté à un œuf !

— *J'ai* mangé des œufs, bien sûr, dit Alice, qui ne savait pas mentir, mais les petites filles mangent des œufs comme les serpents, vous savez !

44

— Je ne crois pas, dit le Pigeon, mais si c'est vrai, eh bien, c'est qu'elles sont une espèce de serpent, voilà tout. »

C'était une idée si nouvelle pour Alice qu'elle resta une ou deux minutes sans parler, ce qui donna au Pigeon l'occasion d'ajouter :

« Vous cherchez des œufs, je ne le sais que trop ; et qu'est-ce que cela peut me faire que vous soyez une petite fille ou un serpent ?

— Cela me fait beaucoup à *moi,* répliqua Alice ; mais je ne cherche pas d'œufs, pour l'instant, et si j'en cherchais je ne voudrais pas des *vôtres,* je ne les aime pas crus.

— Eh bien, allez-vous-en, alors ! » dit le Pigeon d'un air maussade, en retournant dans son nid.

Alice, en rampant parmi les arbres, descendit de son mieux, car son cou se prenait dans les branches et à chaque instant elle devait s'arrêter pour le dénouer. Au bout d'un moment, elle se rappela qu'elle tenait encore dans ses mains les morceaux du champignon et elle se mit au travail très soigneusement, mordant d'abord à l'un, puis à l'autre morceau et devenant tantôt plus grande et tantôt plus petite, jusqu'à ce qu'elle eût réussi à retrouver sa taille normale.

Elle l'avait perdue depuis si longtemps qu'elle se trouva plutôt étrange ; mais bientôt elle s'y habitua et commença à se parler à elle-même : « Enfin, voilà la moitié de mon plan réalisée ! Comme tous ces changements sont extraordinaires ! Je ne sais jamais ce que je vais devenir d'une minute à l'autre ! En tout cas j'ai retrouvé ma taille normale : il me reste à entrer dans ce merveilleux jardin — mais *comment* faire ? » Sur ces mots, elle arriva devant une place au milieu de laquelle il y avait une maisonnette d'à peu près un mètre de haut. « Je ne sais qui peut habiter là-dedans, pensa Alice ; mais il m'est impossible de me présenter avec *cette* taille, je les épouvanterais ! » Aussi mangea-t-elle un petit morceau du champignon qu'elle tenait dans sa main droite et ne s'approcha-t-elle pas de la maison avant de s'être réduite à vingt-cinq centimètres de hauteur.

CHAPITRE SIX

Cochon et poivre

Pendant une ou deux minutes elle resta plantée devant la maison à se demander ce qu'elle allait faire. Tout à coup, un valet en livrée sortit du bois en courant (elle estima que c'était un valet à cause de sa livrée, mais à en juger par sa figure, c'était plutôt un poisson). Du poing, il frappa énergiquement à la porte qui fut ouverte par un autre valet en livrée. Celui-ci avait une tête ronde et de gros yeux de grenouille. Alice remarqua qu'ils portaient tous deux une abondante perruque poudrée et bouclée. Elle avait grande envie de comprendre ce qui se passait et s'écarta un peu du bois pour écouter.

Le Valet-Poisson présenta une grande lettre qu'il avait sous le bras. Elle était presque aussi grande que lui. Il la tendit à l'autre, déclarant d'une voix solennelle : « A la Duchesse. Une invitation de la Reine pour jouer au croquet ».

Le Valet-Grenouille répéta du même ton solennel en changeant seulement un peu l'ordre des mots : « De la Reine. Une invitation à la Duchesse pour jouer au croquet ».

Ensuite, ils se firent l'un à l'autre une si profonde révérence que leurs boucles s'entremêlèrent.

Alice éclata de rire et, de crainte d'être entendue, se sauva dans le bois ; quand elle osa regarder à nouveau, le Valet-Poisson était parti et l'autre était assis par terre près de la porte, fixant stupidement le ciel.

Alice, à pas timides, se rapprocha de la porte et frappa.

« Inutile de frapper, dit le Valet, et pour deux raisons : la première c'est que je suis du même côté de la porte que vous, la seconde c'est qu'ils font trop de bruit à l'intérieur pour vous entendre. » A coup sûr, on faisait *beaucoup* de bruit à l'intérieur — des hurlements, des éternuements ininterrompus, avec, à chaque instant, un fracas terrible comme si un plat ou une bouilloire volait en éclats.

« S'il vous plaît, dit Alice, comment puis-je entrer ?

46

« — Vous pourriez frapper, poursuivit le Valet sans l'écouter, si la porte était entre nous. Par exemple, si vous étiez à *l'intérieur* et moi au-dehors, je pourrais vous faire sortir. » Tout en parlant, il fixait le ciel et Alice trouva cela très impoli. « Mais peut-être ne peut-il pas faire autrement, se dit-elle, ses yeux sont *si* près du sommet de sa tête. En tout cas, il pourrait répondre à ma question. »

— Comment entrer ? répéta-t-elle à voix haute.

— Je resterai ici jusqu'à demain », dit le Valet.

A ce moment, la porte de la maison s'ouvrit, une large assiette lancée à toute volée siffla vers la tête du Valet et lui rasa le nez pour aller s'écraser contre un arbre.

« Ou après-demain, peut-être, continua-t-il sur le même ton, exactement comme si rien ne s'était passé.

— Comment puis-je entrer ? demanda Alice.

— *Faut-il* que vous entriez ? dit le Valet. C'est la seule question vraiment importante, voyez-vous. »

C'était vrai, mais Alice ne fut pas contente de se l'entendre dire. « C'est vraiment insupportable, murmura-t-elle, de voir comme tout le monde raisonne ! Il y a de quoi vous rendre folle ! » Le Valet pensa que c'était une belle occasion pour répéter sa phrase sous une autre forme :

« Je resterai assis pendant des jours et des jours, dit-il.

— Mais qu'est-ce que je vais faire, moi ? demanda Alice.

— Ce que vous voudrez, dit le Valet, et il se mit à siffler.

— Oh ! à quoi bon lui parler, dit Alice désespérée, il est complètement idiot ! »

Là-dessus, elle ouvrit la porte et entra. Elle se trouva de plain-pied dans une grande cuisine tout enfumée. La Duchesse, assise au milieu, sur un tabouret à trois pieds, berçait un bébé. La cuisinière était penchée sur le feu et surveillait un gros chaudron qui semblait rempli de soupe.

« Il y a sûrement trop de poivre dans cette soupe », pensa Alice en éternuant. Il y en avait sûrement trop dans l'air. Il arrivait même à la Duchesse d'éternuer, et quant au bébé il éternuait et hurlait alternativement sans arrêt. Seuls n'éternuaient pas la cuisinière et un gros chat qui, assis près du fourneau, souriait d'une oreille à l'autre.

47

« S'il vous plaît, voulez-vous me dire, commença Alice timidement, car elle craignait qu'il ne fût pas convenable de parler la première, pourquoi votre chat sourit-il comme ça ?

— C'est un chat de Chester, dit la Duchesse, voilà pourquoi. Cochon ! »

Elle jeta ce dernier mot avec une telle violence qu'Alice sursauta ; mais elle comprit que cette injure était adressée au bébé ; aussi reprit-elle courage et continua-t-elle :

« Je ne savais pas que les chats de Chester souriaient toujours. En fait, je ne savais pas que les chats *pouvaient* sourire.

— Ils peuvent tous sourire, dit la Duchesse, et la plupart le font.

— Je n'en connais pas qui le fassent, dit Alice très poliment, heureuse de tenir un sujet de conversation.

— Vous ne savez pas grand-chose, dit la Duchesse, c'est un fait. »

Alice n'aima pas du tout le ton sur lequel cette remarque était faite. Il valait mieux chercher à parler d'autre chose. A ce moment, la cuisinière retira le chaudron du feu et, visant la Duchesse et le bébé, se mit à lancer tous les ustensiles qui se trouvaient à sa portée, les pincettes d'abord, puis les casseroles, les assiettes, les plats. La Duchesse semblait ne pas s'en apercevoir, pas même lorsqu'elle était touchée, et le bébé hurlait déjà tellement qu'il était impossible de savoir s'il recevait des coups.

« Oh ! *je vous en prie,* faites attention ! s'écria Alice, bondissant sur place, terrifiée. Oh ! son *cher* petit nez ! »

Une énorme casserole venait effectivement de le toucher et presque de l'emporter.

« Si chacun se mêlait de ses affaires, dit la Duchesse en grondant, le monde tournerait plus vite.

— Ce qui ne serait *pas* un avantage, dit Alice, très heureuse de trouver une occasion de montrer un peu son savoir. Pensez un peu à ce qui arriverait avec le jour et la nuit ! C'est que la terre a un axe et qu'elle tourne autour en vingt-quatre heures !

— Elle parle de *hache,* dit l'étrange Duchesse ; qu'on lui coupe la tête ! »

Alice jeta un coup d'œil inquiet vers la cuisinière pour voir si

elle avait l'intention de lui couper la tête, mais elle était très occupée à tourner sa soupe et n'avait pas l'air d'écouter ; aussi Alice dit encore :

« Vingt-quatre heures, *je crois*... à moins que ce ne soit douze ?...

— Oh ! ne m'assommez pas, dit la Duchesse, j'ai horreur des chiffres ! »

Et elle recommença à balancer son bébé en chantant une sorte de berceuse et en le secouant vigoureusement à la fin de chaque vers :

Parlez durement à votre petit garçon,
    Battez-le quand il éternue,
Car il le fait exprès,
    Parce qu'il sait que ça vous agace.

CHŒUR
(auquel se joignirent la cuisinière et le bébé)
    Hou ! Hou ! Hou !

En chantant le second vers, elle secouait violemment le bébé et le pauvre petit hurlait tellement qu'Alice pouvait à peine distinguer les paroles :

Je parle sévèrement à mon garçon,
    Je le bats quand il éternue ;
Car il peut vraiment aimer
    Le poivre, quand il veut !

CHŒUR
Hou ! Hou ! Hou !

49

« Hé là ! vous pouvez le bercer un peu si ça vous fait plaisir ! dit la Duchesse à Alice, et elle lui jeta le bébé dans les bras. Il faut que je me prépare pour aller jouer au croquet avec la Reine. » Et elle sortit précipitamment. La cuisinière lança sur elle une poêle à frire qui la manqua de justesse.

Alice eut du mal à tenir le bébé, car c'était un être bizarrement conformé qui allongeait ses bras et ses jambes dans toutes les directions, « tout à fait comme une étoile de mer », pensa Alice. La pauvre petite chose soufflait comme une machine à vapeur et ne cessait de se tordre et de se tendre, si bien que pendant les deux premières minutes Alice crut qu'elle allait le laisser tomber.

Dès qu'elle eut trouvé la bonne façon (qui était de la nouer en quelque sorte, et alors de serrer ferme en tirant l'oreille droite et le pied gauche pour l'empêcher de se dénouer) elle l'emmena dehors. « Si je n'emporte pas cet enfant avec moi, pensa-t-elle, ils le tueront dans un jour ou deux ; ne serait-ce pas un crime de l'abandonner ? » Elle prononça ces dernières paroles à voix haute et le petit être répondit par un grognement (il avait fini d'éternuer).

« Ne grognez pas, dit Alice, ce n'est pas ainsi que l'on parle. »

Le bébé grogna encore et Alice le regarda avec inquiétude. Il ne pouvait y avoir aucun doute : la chose avait un nez *très* retroussé, qui ressemblait beaucoup plus à un groin qu'à un vrai nez, de plus ses yeux devenaient trop petits pour être ceux d'un bébé. Alice n'était pas ravie de tout cela. « Mais peut-être n'est-ce que son gros chagrin », pensa-t-elle, et elle regarda dans ses yeux pour voir s'il y avait des larmes.

Non, il n'y avait pas de larmes.

« Si vous devez vous changer en cochon, mon cher, dit Alice sérieusement, je ne veux plus rien avoir affaire avec vous. Attention !»

La pauvre petite chose se remit à sangloter (ou à grogner, on ne savait au juste) et Alice continua son chemin sans rien dire.

Elle se demandait : « Que ferai-je de cette créature quand je rentrerai à la maison ? » lorsque la chose recommença à grogner, mais avec tant de force qu'Alice en fut alarmée. Cette fois, il ne

50

pouvait plus y avoir de doute ; ce n'était ni plus ni moins qu'un *cochon* et elle comprit qu'il serait absurde de l'emporter plus loin.

Elle le déposa donc par terre et fut très heureuse de le voir trottiner tranquillement vers le bois. « S'il avait grandi, pensa-t-elle, il aurait fait un enfant terriblement laid, mais il fait un assez joli petit cochon, je crois ». Et elle se mit à penser à d'autres enfants qu'elle connaissait et qui feraient de très jolis petits cochons. Elle se disait : « Si seulement on savait comment les changer… » quand elle sursauta à la vue du Chat de Chester, assis sur la branche d'un arbre, à quelques mètres de là. Le Chat sourit. « Il a l'air d'avoir bon caractère », pensa Alice. Pourtant il avait de *très* longues griffes et beaucoup de dents et elle estima qu'il valait mieux le traiter avec respect.

« Minet de Chester », commença-t-elle, plutôt timidement, car elle ne savait pas s'il aimerait ce nom, mais son sourire s'élargit un peu plus.

« Allons-y, ça lui plaît », pensa Alice, et elle poursuivit :

« Voudriez-vous me dire, s'il vous plaît, quelle direction je dois prendre pour quitter cet endroit ?

— Cela dépend surtout de l'endroit où vous voulez aller, dit le Chat.

— Ça m'est égal, dit Alice.

— Alors peu importe quelle direction vous prendrez, dit le Chat.

— Pourvu que j'arrive *quelque part,* dit Alice en manière d'explication.

— Oh ! vous êtes sûre d'arriver *quelque part* si seulement vous marchez assez longtemps », dit le Chat.

Alice sentit que ces réponses étaient indiscutables. Elle risqua une autre question :

« Quelles sortes de gens vivent dans le voisinage ?

— Dans *cette* direction, dit le Chat, faisant un geste de la patte droite, vit un Chapelier. Dans *cette* direction, et il fit un geste de la patte gauche, vit un Lièvre de Mars. Allez voir celui que vous voudrez, ils sont fous tous les deux.

— Mais je ne tiens pas à aller chez des fous, fit observer Alice.

– Oh ! vous ne pouvez faire autrement, dit le Chat, nous sommes tous fous ici. Je suis fou. Vous êtes folle.

– Comment savez-vous que je suis folle ? demanda Alice.

– Vous devez l'être, dit le Chat, sinon vous ne seriez pas ici. »

Alice ne considéra pas cette explication comme suffisante.

« Et comment savez-vous que vous êtes fou ? dit-elle alors.

– Pour commencer, dit le Chat, vous reconnaissez qu'un chien n'est pas fou ?

– Je le suppose, dit Alice.

– Eh bien, poursuivit le Chat, un chien gronde quand il est en colère et remue sa queue quand il est content. Moi je gronde quand je suis content et je remue la queue quand je suis en colère. Donc, je suis fou.

– J'appelle ça ronronner, pas gronder, dit Alice.

– Appelez ça comme vous voudrez, dit le Chat. Jouez-vous au croquet avec la Reine aujourd'hui ?

– J'aimerais beaucoup, dit Alice, mais je n'ai pas encore été invitée.

– Vous m'y verrez », dit le Chat, et il disparut.

Alice n'en fut pas trop surprise, car elle commençait à s'habituer à ces étrangetés. Comme elle regardait l'endroit où il venait de s'évanouir, il réapparut brusquement.

« A propos, qu'est devenu le bébé ? J'allais oublier de vous le demander.

– Il s'est changé en cochon, répondit Alice calmement, comme si la réapparition du Chat était naturelle.

– Je le pensais bien », dit le Chat, et il s'évanouit pour la seconde fois.

Alice attendit un peu, dans l'espoir de le revoir, mais ce fut en vain, et, après une ou deux minutes, elle dirigea ses pas vers l'endroit où vivait le Lièvre de Mars. « J'ai déjà vu des Chapeliers, se dit-elle, le Lièvre de Mars sera plus intéressant et peut-être, comme nous sommes en Mai, ne sera-t-il pas fou à lier – en tout cas pas si fou qu'en Mars. » Ce disant, elle regarda en l'air et vit le Chat encore une fois assis sur une branche.

« Avez-vous dit *cochon*, ou *torchon* ? demanda-t-il.

– J'ai dit *cochon*, répliqua Alice, et j'aimerais bien que vous cessiez d'apparaître et de disparaître si rapidement.

52

– Très bien », dit le Chat, et cette fois il s'évanouit lentement, en commençant par le bout de sa queue pour finir par le sourire qui demeura en suspens quelque temps après tout le reste.

« Eh bien, j'ai souvent vu un chat sans sourire, pensa Alice, mais un sourire sans chat ! C'est bien la chose la plus étrange que j'aie jamais vue jusqu'ici ! »

Elle n'avait pas fait beaucoup de chemin lorsqu'elle arriva en vue de la maison du Lièvre de Mars ; elle pensa que c'était bien la maison en question parce que les cheminées avaient la forme d'oreilles de lièvre et que le toit était couvert de fourrure. C'était une si grande maison qu'elle préféra ne pas s'en approcher avant d'avoir grignoté un petit morceau du bout de champignon qu'elle tenait dans la main gauche. Même lorsqu'elle eut atteint environ soixante centimètres, elle s'avança à pas craintifs, en se disant : « Supposons qu'il soit fou à lier, après tout ! Je regrette presque de n'être pas allée chez le Chapelier. »

CHAPITRE SEPT

Un thé de fous

UNE table avait été dressée sous un arbre devant la maison. Le Lièvre de Mars et le Chapelier prenaient le thé. Un Loir était assis entre eux, profondément endormi, et les deux autres appuyaient leurs coudes sur lui comme sur un coussin et parlaient par-dessus sa tête. « Très incommode pour le Loir, pensa Alice, mais comme il dort, je suppose que ça lui est égal. »

La table était une grande table, mais tous trois se trouvaient entassés à l'un des coins. « Pas de place ! » crièrent-ils en voyant Alice arriver. « Il y a *beaucoup* de place ! » dit Alice d'une voix indignée, et elle s'assit dans un vaste fauteuil à un bout de la table.

« Un peu de vin ? » demanda le Lièvre de Mars d'un ton aimable.

Alice examina ce qu'il y avait sur la table, mais elle ne vit que du thé :

« Je ne vois pas de vin, fit-elle observer.

— Il n'y en a pas, dit le Lièvre de Mars.

— Alors ce n'est pas très poli de m'en offrir, dit Alice avec indignation.

— Ce n'était pas très poli non plus de vous asseoir à notre table sans y avoir été invitée, dit le Lièvre de Mars.

— Je ne savais pas que c'était *votre* table, dit Alice, elle est dressée pour beaucoup plus de trois personnes.

— Il faut vous faire couper les cheveux, dit le Chapelier. » Il fixait Alice depuis quelque temps avec une intense curiosité et c'étaient là ses premières paroles.

« On ne doit pas faire de remarques personnelles, dit Alice sévèrement, c'est très impoli ! »

Le Chapelier ouvrit de grands yeux, mais tout ce qu'il *dit* fut :

« Pourquoi un corbeau ressemble-t-il à un bureau ? »

« Bon. Nous allons nous amuser ! pensa Alice. Je suis contente qu'ils aient commencé à poser des devinettes. »

« Je pense que je peux le dire, ajouta-t-elle à voix haute.

— Voulez-vous dire que vous pouvez trouver la réponse ? demanda le Lièvre de Mars.

— Exactement, dit Alice.

— Alors, vous devriez dire ce que vous pensez, poursuivit le Lièvre de Mars.

— C'est ce que je fais, dit Alice très vite ; enfin… enfin, je pense ce que je dis…, c'est la même chose, n'est-ce pas ?

— Pas du tout la même chose ! dit le Chapelier. Vous pourriez tout aussi bien dire que : « Je vois ce que je mange » est la même chose que : « Je mange ce que je vois ! »

— Vous pourriez aussi bien dire, ajouta le Lièvre de Mars, que : « J'aime ce qu'on me donne » est la même chose que : « On me donne ce que j'aime. »

— Vous pourriez tout aussi bien dire, ajouta le Loir, qui semblait parler dans son sommeil, que : « Je respire quand je dors » est la même chose que : « Je dors quand je respire ! »

— C'est la même chose pour vous », dit le Chapelier, et là-dessus la conversation tomba et la compagnie resta silencieuse une minute. Pendant ce temps Alice passa en revue tous ses souvenirs sur les corbeaux et les bureaux, mais elle ne trouva rien.

Le Chapelier fut le premier à rompre le silence.

« Quel jour du mois est-on ? » dit-il en se tournant vers Alice.

Il avait sorti sa montre de sa poche et la regardait d'un air inquiet, la secouant, puis la portant à son oreille.

Alice réfléchit un peu et dit :

« Le quatre.

– Deux jours de retard ! soupira le Chapelier. Je vous avais bien dit que le beurre ne ferait pas l'affaire, ajouta-t-il en jetant au Lièvre de Mars un regard furieux.

– C'était du beurre *extra,* répondit le Lièvre de Mars.

– Oui, mais des miettes sont tombées dedans, grommela le Chapelier, vous n'auriez pas dû le mettre avec le couteau à pain. »

Le Lièvre de Mars prit la montre et la regarda d'un air sombre, puis il la plongea dans sa tasse de thé et la regarda encore. Mais il ne pouvait rien trouver de mieux à dire que : « C'était du beurre *extra,* vous savez. »

Alice, curieuse, avait jeté un coup d'œil par-dessus son épaule.

« Quelle drôle de montre ! remarqua-t-elle. Elle indique les jours du mois et non pas l'heure qu'il est !

– Pourquoi pas ? grommela le Chapelier. Est-ce que *votre* montre vous dit en quelle année nous sommes ?

– Naturellement pas, répondit Alice sans hésitation, mais c'est qu'une seule année dure trop longtemps.

– C'est pourtant le cas avec la *mienne* », dit le Chapelier.

Alice sentit qu'elle perdait la tête. La remarque du Chapelier semblait n'avoir aucun sens.

« Je ne comprends pas très bien ! dit-elle aussi poliment qu'il lui fut possible.

– Le Loir s'est endormi », dit le Chapelier, et il lui répandit un peu de thé chaud sur le nez.

Le Loir secoua la tête avec impatience et dit sans ouvrir les yeux :

« Naturellement, naturellement, c'est justement ce que j'étais en train de constater moi-même.

– Avez-vous trouvé la devinette ? demanda le Chapelier en se retournant vers Alice.

– Non, je donne ma langue au chat, répondit Alice ; qu'est-ce que c'est ?

– Je n'en ai aucune idée, dit le Chapelier.

– Ni moi », dit le Lièvre de Mars.

Alice soupira :

« Je pense que vous pourriez faire mieux que de gaspiller le temps à poser des devinettes qui n'ont pas de réponse.

56

— Si vous connaissiez le temps aussi bien que moi, dit le Chapelier, vous n'*en* parleriez pas comme ça. C'est de *lui* qu'il s'agit.

— Je ne sais pas ce que vous entendez par là, dit Alice.

— Naturellement ! dit le Chapelier, hochant la tête avec mépris. J'ose dire que vous n'avez même jamais parlé au Temps.

— Peut-être pas, dit Alice prudemment, mais je sais que je dois le battre en mesure quand j'apprends la musique.

— Ah ! voilà bien la preuve, dit le Chapelier, il ne supporte pas d'être battu. Si vous restiez seulement en bons termes avec lui, il ferait tout ce que vous voudriez avec les heures. Par exemple, supposez qu'il soit neuf heures du matin, le moment où commencent les leçons, vous lui feriez un signe et l'aiguille passerait aussitôt à midi et demi, l'heure du déjeuner !

(« Je voudrais que ce soit vrai », soupira le Lièvre de Mars se parlant à lui-même.)

— Ce serait une bonne affaire, sûrement, dit Alice pensivement, mais alors je n'aurais pas faim.

— Pas tout de suite, peut-être, dit le Chapelier, mais vous pourriez rester à midi et demi aussi longtemps qu'il vous plairait.

— Est-ce ainsi que *vous* faites ? » demanda Alice.

Le Chapelier secoua la tête tristement.

« Pas moi ! répondit-il, nous nous sommes querellés en mars dernier... juste avant qu'*il* ne devienne fou, vous savez (et il pointait sa cuillère à thé dans la direction du Lièvre de Mars) ; c'était au grand concert donné par la Reine de Cœur et je devais chanter :

Brillez, brillez, petite chauve-souris !
   Que faites-vous si loin d'ici ?

« Peut-être connaissez-vous la chanson ?

— J'ai déjà entendu quelque chose comme ça, dit Alice.

— Il y a une suite, vous savez, poursuivit le Chapelier, la voici :

Au-dessus du monde, vous planez,
Dans le ciel, comme un plateau à thé
Brillez, brillez...

Là-dessus le Loir se secoua et commença à chanter dans son sommeil :

Brillez, brillez, brillez, brillez...

et continua ainsi pendant si longtemps qu'ils durent le pincer pour l'arrêter.

« Eh bien, j'avais à peine fini le premier vers quand la Reine sursauta et hurla : « Il chante faux ! Il massacre le temps ! Coupez-lui la tête ! » dit le Chapelier.

— C'est affreux ! s'écria Alice.

— Et depuis, continua le Chapelier d'un ton plaintif, le Temps n'a plus jamais voulu rien faire de ce que je lui demandais ! C'est toujours l'heure du thé, maintenant. »

Une idée jaillit dans l'esprit d'Alice :

« Est-ce la raison pour laquelle il y a un tel désordre ici ? demanda-t-elle.

— Oui, c'est ça même, dit le Chapelier dans un soupir, il est toujours l'heure du thé et nous n'avons plus le temps de laver les tasses.

— Alors vous ne cessez de tourner en rond, je suppose ? dit Alice.

— Exactement, dit le Chapelier, à mesure que les ustensiles ont été utilisés.

— Mais qu'est-ce qui se passe quand vous revenez au commencement ? se risqua à demander Alice.

— Si nous changions de sujet de conversation ? interrompit le Lièvre de Mars en bâillant, j'en ai assez de celui-là. Je propose que la jeune demoiselle nous raconte une histoire.

— Je regrette, mais je n'en sais pas, dit Alice, assez alarmée par cette proposition.

— Le Loir, alors ! crièrent-ils tous deux. — Eh ! Loir ! Réveille-toi ! »

Et ils le pincèrent en même temps des deux côtés.

Le Loir ouvrit lentement les yeux :

« Je n'étais pas endormi, dit-il d'une voix pâteuse et ensommeillée, j'ai entendu tout ce que vous disiez.

— Raconte-nous une histoire ! dit le Lièvre de Mars.

— Oh ! oui, je vous en prie, demanda Alice.

— Et vite, ajouta le Chapelier, sinon tu seras rendormi avant d'avoir fini.

— Il y avait une fois trois petites sœurs, commença le Loir à toute vitesse, et elles s'appelaient Elsie, Lacie et Tillie et elles vivaient au fond d'un puits.

— De quoi vivaient-elles ? dit Alice qui prenait toujours grand intérêt à tout ce qui était manger et boire.

— Elles vivaient de mélasse, dit le Loir après avoir réfléchi une ou deux minutes.

— C'est impossible, vous savez, remarqua Alice gentiment ; elles auraient été malades.

— Elles l'étaient, malades, dit le Loir et *très* malades. »

Alice essaya de s'imaginer ce que pouvait être une aussi extraordinaire manière de vivre, aussi poursuivit-elle :

« Mais pourquoi vivaient-elles au fond d'un puits ?

— Reprenez donc un peu plus de thé, dit gravement le Lièvre de Mars à Alice.

— Je n'en ai pas encore pris, répondit Alice d'un ton offensé. Je ne vois pas comment je pourrais en prendre *plus*.

— Vous voulez dire que vous ne pouvez pas en prendre *moins*, dit le Chapelier : car il est très facile de prendre *plus* de rien.

— Personne ne vous demande *votre* avis, dit Alice.

— Qui fait des remarques personnelles maintenant ? » demanda le Chapelier triomphant.

Alice ne sut trop que répondre. Elle se servit du thé et du pain beurré, puis se tourna vers le Loir et répéta :

« Pourquoi vivaient-elles au fond du puits ? »

Le Loir réfléchit encore une ou deux minutes, puis il dit :

« C'était un puits de mélasse.

— Ça n'existe pas ! allait s'écrier Alice, mais le Chapelier et le Lièvre de Mars firent : « chut ! chut ! » et le Loir remarqua, maussade :

— Si vous ne pouvez avoir la politesse de vous taire, finissez donc l'histoire vous-même.

— Non ! je vous en prie, continuez ! dit Alice, je ne vous interromprai plus. Je veux bien croire qu'il en existe *un*.

— Bien sûr, un ! » dit le Loir, indigné.

Cependant, il voulut bien continuer :

« Donc ces trois petites sœurs…
elles apprenaient à dessiner, voyez-vous,
à tirer des traits.

— Des traits comment ? dit Alice,
oubliant tout à fait sa promesse.

— Des traits de mélasse, dit le Loir sans hésiter.

— Je veux une tasse propre, interrompit le Chapelier ;
avançons d'une place. »

Ce qu'il fit, et le Loir le suivit. Le Lièvre de Mars prit la place
du Loir et Alice, à contre-cœur, prit la place du Lièvre de Mars.
Le Chapelier fut le seul à bénéficier de ce changement et Alice se
trouva la plus désavantagée, car le Lièvre de Mars venait de
renverser le pot à lait dans sa soucoupe.

Alice voulait éviter d'offenser le Loir une fois de plus, aussi
demanda-t-elle très prudemment :

« Mais je ne comprends pas, d'où tiraient-elles la mélasse ?

— Vous pouvez tirer de l'eau d'un puits ordinaire, dit le
Chapelier ; je suppose donc que vous pouvez tirer de la mélasse
d'un puits de mélasse. Est-elle stupide !

— Mais elles étaient *dans* le puits, dit Alice au Loir, préférant
ne pas relever cette impertinence.

— Et *puis* elles étaient dedans, dit le Loir, naturellement ! »

Cette réponse troubla tellement la pauvre Alice qu'elle laissa
le Loir parler sans plus l'interrompre.

« Elles apprenaient à dessiner, poursuivit le Loir, en bâillant
et en se frottant les yeux, car il commençait à avoir très envie de
dormir, et elles dessinaient toutes sortes de choses… Tout ce qui
commençait par un M.

— Pourquoi par un M ? dit Alice.

— Pourquoi pas ? » fit le Lièvre de Mars.

Le Loir, entre-temps, avait fermé les yeux et allait se
rendormir. Mais, pincé par le Chapelier, il se réveilla avec un
petit cri et continua :

61

« Ce qui commençait par un M, tels que mouche, mirliton, mémoire, machins... vous savez quand on ne trouve pas un mot, on dit des machins... avez-vous jamais vu quelque chose comme un dessin de machins ?

— Vraiment, vous me demandez cela ? dit Alice ahurie. Je ne pense pas.

— Alors vous devriez vous taire », dit le Chapelier.

Cette impolitesse était plus qu'Alice n'en pouvait supporter. Elle se leva, dégoûtée, et s'en alla. Le Loir s'endormit instantanément et personne ne remarqua le départ d'Alice, bien qu'elle se retournât une ou deux fois, dans le vague espoir qu'ils la rappelleraient. Quand elle les vit pour la dernière fois, ils essayaient de mettre le Loir dans la théière.

« En tout cas, je ne reviendrai plus jamais *ici* ! dit Alice en se frayant un chemin à travers bois. C'est le thé le plus stupide auquel j'aie jamais assisté ! »

Comme elle disait cela, elle s'aperçut que l'un des arbres avait une porte qui donnait accès à l'intérieur de son tronc. « Ça, c'est curieux ! pensa-t-elle, mais tout est curieux aujourd'hui. J'imagine que je peux entrer. » Ce qu'elle fit sans réfléchir.

Une fois de plus, elle se trouva dans un long couloir et tout près de la petite table de verre. « Cette fois, je vais faire mieux », se dit-elle, et elle commença par prendre la petite clef d'or, puis elle ouvrit la porte qui conduisait dans le jardin. Elle se mit à mordiller le champignon (elle en avait gardé un petit morceau dans sa poche) jusqu'à ce qu'elle mesurât environ trente centimètres, ensuite elle descendit par l'étroit passage, et *alors*, elle se trouva enfin dans le jardin merveilleux, parmi les lumineux parterres de fleurs et les fraîches fontaines.

CHAPITRE HUIT

Le terrain de croquet de la Reine

A L'ENTRÉE du jardin il y avait un grand rosier. Ses roses étaient blanches, mais trois jardiniers s'occupaient activement à les peindre en rouge. Alice, très étonnée, s'approcha. Elle entendit l'un d'eux qui disait : « Allons, Cinq, cesse donc de m'éclabousser avec ta peinture !

— Je n'ai pas pu faire autrement, dit Cinq tristement, Sept m'a secoué l'épaule. »

Alors, Sept leva les yeux et dit :

« C'est ça, Cinq ! toujours à rejeter le blâme sur les autres !

— *Tu* ferais mieux de *te* taire ! dit Cinq. Pas plus tard qu'hier, j'ai entendu la Reine dire que tu méritais d'être décapité !

— Et pourquoi ? demanda celui qui avait parlé le premier.

— Occupe-toi de *tes* affaires, Deux ! dit Sept.

— Si, c'est *son* affaire ! dit Cinq, et je vais lui dire pourquoi — c'est pour avoir apporté à la cuisine des bulbes de tulipes au lieu d'oignons blancs. »

Sept jeta son pinceau. Il commençait à dire :

« Eh bien, de toutes les choses injustes… » mais à ce moment son regard rencontra Alice qui les observait et il se tut instantanément.

Les autres la regardèrent aussi et la saluèrent en s'inclinant très bas.

« Voudriez-vous me dire, demanda Alice un peu timidement, pour quelle raison vous peignez ces roses ? »

Cinq et Sept ne soufflèrent mot, mais jetèrent un coup d'œil vers Deux. Deux avoua d'un ton confidentiel : « Eh bien, le fait est, voyez-vous, mademoiselle, que ce rosier aurait dû avoir des roses *rouges,* et nous avons planté un rosier à roses blanches par erreur, et si la Reine venait à s'en apercevoir, elle nous ferait couper la tête, vous savez. Aussi, voyez-vous, mademoiselle, nous faisons de notre mieux avant qu'elle ne vienne… » Alors, Cinq qui regardait anxieusement à travers le jardin, s'écria : « La

63

Reine ! La Reine ! » Et, d'un seul mouvement, les trois jardiniers s'aplatirent sur le sol. Il y eut un bruit de pas ; Alice regarda à l'entour, impatiente de voir la Reine.

D'abord se présentèrent dix soldats armés de gourdins. Ils étaient en forme de carte à jouer, comme les trois jardiniers ; rectangulaires et plats avec les mains et les pieds dans les coins. Dix courtisans suivaient, couverts de carreaux, ils marchaient deux par deux, comme des soldats. Derrière eux s'avançaient les enfants royaux, ils étaient une dizaine et les chers petits sautillaient joyeusement deux par deux, la main dans la main. Ils étaient tous ornés de cœurs. Ensuite, venaient les invités, Rois et Reines pour la plupart et parmi eux Alice reconnut le Lapin Blanc. Il parlait d'une manière nerveuse et saccadée, souriant à tout ce qui se disait et il passa sans la voir. En dernier venait le Valet de Cœur, portant la couronne du Roi sur un coussin de velours écarlate ; et enfin, fermant cette longue procession, LE ROI ET LA REINE DE CŒUR.

Alice se demanda si elle ne devait pas se coucher, face contre terre, comme les trois jardiniers, mais elle n'avait jamais entendu dire que c'était ainsi qu'il fallait se conduire, « et de plus, à quoi servirait un cortège, pensa-t-elle, si tout le monde devait rester face contre terre et ne rien voir ? » Elle ne bougea donc pas et attendit.

La procession, quand elle arriva à la hauteur d'Alice, s'arrêta, et tous regardèrent Alice. La Reine demanda sévèrement :

« Qui est-ce ? » en s'adressant au Valet de Cœur qui, pour toute réponse, s'inclina et sourit.

« Idiot ! fit la reine en secouant impatiemment la tête et, se tournant vers Alice, elle dit :

— Comment vous appelez-vous, mon enfant ?

— Mon nom est Alice, Votre Majesté «, dit Alice très poliment. Mais elle ajouta en elle-même : « Après tout, ils ne sont jamais qu'un paquet de cartes. Je n'ai pas à en avoir peur ! »

« Et qui sont *ceux-là* ? » dit la Reine en désignant les trois jardiniers aplatis autour du rosier. Car, vous comprenez, comme leur dos était pareil à celui des autres cartes, elle ne pouvait savoir s'ils étaient jardiniers, soldats, courtisans, ou même trois de ses propres enfants.

64

« Comment le saurais-je ? dit Alice, surprise de son audace, ce n'est pas *mon* affaire. »

La Reine devint cramoisie de fureur et, après l'avoir fixée comme une bête féroce, elle hurla :

« Coupez-lui la tête ! »

« C'est absurde ! » dit Alice d'une voix forte et décidée. Si bien que la Reine en resta muette.

Le Roi posa la main sur le bras de la Reine et dit timidement :

« Réfléchissez, ma chère, ce n'est qu'une enfant ! »

La Reine lui tourna le dos rageusement et ordonna au Valet :

« Retournez-les ! »

Ce que fit très précautionneusement le Valet, de la pointe du pied.

« Debout ! » hurla la Reine d'une voix aiguë et terrible.

Les trois jardiniers se redressèrent d'un seul coup et commencèrent à saluer l'un après l'autre le Roi, la Reine, les enfants royaux, et toute la suite.

« Suffit ! hurla la Reine, vous me rendez folle. » Et alors, se tournant vers le rosier, elle poursuivit :

« Qu'est-ce que vous avez *fait* là ?

— S'il plaît à Votre Majesté, dit Deux très humblement en s'agenouillant, nous essayions…

— Je vois ! dit la Reine, qui pendant ce temps avait examiné les roses. Qu'on leur coupe la tête ! »

Et le cortège s'éloigna.

Trois des soldats restèrent en arrière pour exécuter les malheureux jardiniers qui coururent se mettre sous la protection d'Alice.

« On ne vous coupera pas la tête ! » dit Alice, et elle les cacha sous un grand pot à fleurs. Les trois soldats cherchèrent pendant une ou deux minutes, puis partirent tranquillement derrière les autres.

« Est-ce qu'on leur a coupé la tête ? cria la Reine.

— Leurs têtes sont tombées, s'il plaît à Votre Majesté, crièrent les soldats.

— C'est bien ! cria la Reine. Savez-vous jouer au croquet ? »

Les soldats regardèrent Alice en silence, car c'était évidemment à elle que cette question était adressée.

« Oui ! cria Alice.

— Venez alors ! » rugit la Reine, et Alice, curieuse de ce qui allait se passer, se joignit à la procession.

« Il fait très beau, n'est-ce pas ? » fit une voix craintive à son côté. Elle marchait près du Lapin Blanc qui la dévisageait d'un air inquiet.

« Très beau, dit Alice, où est la Duchesse ?

— Chut ! chut ! » fit le Lapin à voix basse.

Il regarda anxieusement par-dessus son épaule, puis se dressa sur la pointe des pieds, mit sa bouche contre l'oreille d'Alice et murmura :

« Elle est condamnée à mort !

— Pourquoi ? dit Alice.

— Avez-vous dit : quel malheur ? demanda le Lapin.

— Non, dit Alice, je ne pense pas du tout que ce soit un malheur. J'ai dit : pourquoi ?

— Elle a boxé les oreilles de la Reine… » commença le Lapin. Alice poussa un petit éclat de rire.

« Oh ! chut ! souffla le Lapin épouvanté, la Reine va vous entendre ! Vous comprenez, elle était arrivée un peu en retard et la Reine dit…

— A vos places ! » hurla la Reine d'une voix de tonnerre.

Les joueurs se mirent à courir dans toutes les directions, sautant les uns par-dessus les autres. Néanmoins, ils furent tous à leur place en une ou deux minutes et le jeu commença.

De sa vie, Alice n'avait vu plus étrange terrain de croquet. Il n'y avait que des bosses et des trous. Des hérissons servaient de boules, des flamants roses de maillets et les soldats qui tenaient lieu d'arceaux devaient faire le pont en se tenant sur les mains et les pieds. La première difficulté pour Alice fut de maintenir son flamant. Elle y réussit en tenant le corps sous son bras, pattes pendantes, mais le plus souvent, au moment où elle avait obtenu que le cou soit bien raide pour taper sur le hérisson avec la tête, le flamant se retournait et la regardait dans les yeux avec une expression si ahurie qu'elle ne pouvait s'empêcher d'éclater de rire ; et, quand la tête était de nouveau en bas, Alice sur le point de recommencer s'apercevait que le hérisson en avait profité pour se dérouler et s'enfuir. De plus, quel que fût l'endroit où elle voulait envoyer son hérisson, il y avait toujours une bosse ou un creux sur son chemin et les soldats-arceaux étaient sans cesse en mouvement. Alice en arriva bientôt à cette conclusion que c'était vraiment là un jeu très difficile.

Les joueurs jouaient tous en même temps, sans attendre leur tour, et ne cessaient de se quereller, se battant pour avoir les hérissons. En peu de temps, la Reine fut dans une folle colère. Elle frappait du pied, en hurlant : « Coupez la tête à celui-ci ! Coupez la tête à celui-là ! » à raison d'une tête à la minute environ.

Alice commençait à se sentir très mal à l'aise. Bien sûr, elle ne s'était pas encore disputée avec la Reine, mais elle savait que cela pouvait lui arriver d'une minute à l'autre. « Et alors, pensa-t-elle, que va-t-il m'arriver ? Ils aiment terriblement couper les têtes ici ; le plus surprenant, c'est que tout le monde soit encore vivant ! »

Elle cherchait du regard un moyen de s'échapper et se demandait si elle pourrait s'éloigner sans être vue, quand son attention fut attirée par une extraordinaire apparition dans l'air. Cela l'étonna d'abord beaucoup, puis après un examen d'une ou deux minutes, elle comprit que c'était un sourire et elle se dit en elle-même : « C'est le Chat de Chester, maintenant j'aurai quelqu'un à qui parler. »

« Comment allez-vous ? » dit le Chat, dès que sa bouche fut suffisamment formée pour qu'il pût parler.

Alice attendit que les yeux fussent visibles et alors, elle hocha la tête. « Il ne sert à rien de lui parler, aussi longtemps que ses oreilles ne seront pas apparues ! pensa-t-elle ; en tout cas il en faut au moins une. » Dans la minute qui suivit, la tête du Chat apparut entièrement. Alice posa son flamant par terre et entreprit de donner un compte rendu de la partie, très heureuse de trouver quelqu'un pour l'écouter. Le Chat estimait sans doute qu'il lui suffisait d'exposer sa tête, car il ne fit pas apparaître le reste de sa personne.

« Je ne pense pas qu'ils jouent comme il faudrait, dit Alice d'un ton plaintif, ils se disputent tellement qu'on ne s'entend pas parler et de plus ils ne respectent aucune règle précise. En tout cas, s'il y en a, personne ne s'en occupe et vous n'avez pas idée de la confusion qui résulte du fait que toutes les choses sont vivantes. Par exemple, l'arceau que je dois passer va se promener à l'autre bout du terrain et j'aurais déjà croqué le hérisson de la Reine s'il ne s'était pas sauvé en voyant le mien !

— Aimez-vous la Reine ? demanda le Chat à voix basse.

— Pas du tout ! dit Alice ; elle est tellement... »

A ce moment, elle s'aperçut que la Reine était derrière elle et l'écoutait. Aussi continua-t-elle :

« Tellement adroite, qu'il est presque inutile de jouer avec elle. »

69

La Reine sourit et passa.

« A *qui* parlez-vous ? dit le Roi en se dirigeant vers Alice et en regardant la tête du Chat avec beaucoup de curiosité.

— A l'un de mes amis, un Chat de Chester, dit Alice, permettez-moi de vous le présenter.

— Je n'aime pas du tout son allure, dit le Roi ; néanmoins il peut baiser ma main s'il lui plaît.

— J'aimerais autant m'en dispenser, observa le Chat.

— Ne soyez pas impertinent, dit le Roi, et ne me regardez pas comme ça ! » Et, tout en parlant, il se cachait derrière Alice.

« Un Chat peut regarder un Roi, dit Alice ; j'ai lu ça dans un livre, mais je ne sais plus lequel.

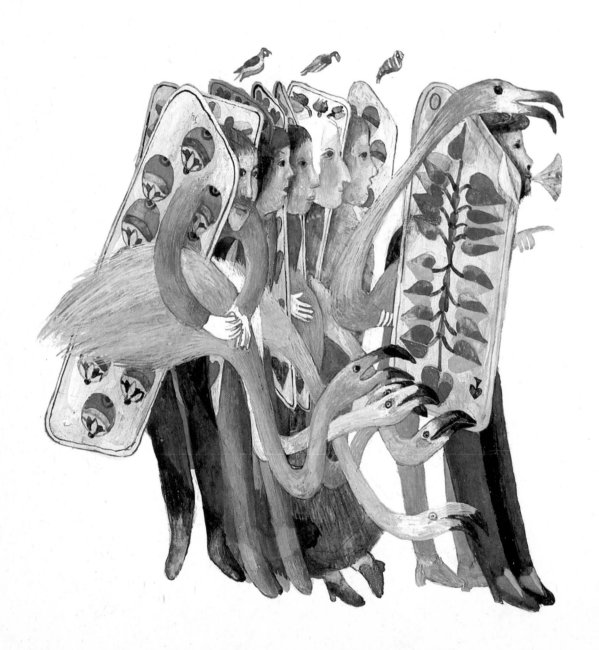

– Eh bien, il doit s'en aller », dit le Roi d'un ton très décidé, et il appela la Reine qui passait à ce moment :

« Ma chère ! J'aimerais que ce Chat disparaisse ! »

La Reine ne connaissait qu'une solution à tous les problèmes, grands ou petits.

« Qu'on lui coupe la tête ! dit-elle sans se donner la peine de regarder.

– Je vais chercher le bourreau moi-même », dit le Roi vivement, et il partit.

Alice pensait qu'elle pourrait tout aussi bien retourner au jeu, quand elle entendit dans le lointain la voix de la Reine qui hurlait de fureur. Elle l'avait déjà entendue condamner trois des joueurs, parce qu'ils avaient laissé passer leur tour, et elle était assez mécontente, car la confusion était telle qu'elle ne pouvait savoir elle-même si c'était son tour. Elle partit à la recherche de son hérisson.

Il était justement engagé dans une bataille avec un autre hérisson, ce qui parut à Alice une excellente occasion pour les croquer l'un l'autre. La seule difficulté était que son flamant était parti de l'autre côté du jardin où elle pouvait le voir qui essayait vainement de s'envoler dans un arbre. Mais lorsqu'elle l'eut rattrapé et ramené, la bataille était finie et les hérissons avaient pris la fuite. « Cela n'a pas grande importance, se dit Alice, puisqu'il n'y a plus d'arceaux par ici. » Et serrant le flamant sous son bras pour qu'il ne puisse plus s'échapper, elle retourna bavarder avec son ami, le Chat de Chester.

Elle eut la surprise de trouver une foule rassemblée autour de lui. Il y avait une dispute entre le Bourreau, le Roi et la Reine qui parlaient tous à la fois tandis que les autres gardaient le silence et paraissaient très mal à l'aise.

Dès qu'ils eurent aperçu Alice, ils l'appelèrent pour trancher la question, et lui expliquèrent leur point de vue respectif.

Mais comme ils parlaient tous en même temps il était très difficile de démêler ce qu'ils disaient. L'argument du Bourreau était qu'il n'est pas possible de couper une tête si elle n'est pas rattachée à un corps, qu'il n'avait encore jamais rien fait de pareil, et que ce n'était pas à *son* âge qu'il allait commencer.

L'argument du Roi était que tout ce qui a une tête peut être décapité et qu'il ne fallait pas dire d'absurdités.

L'argument de la Reine était que si rien n'était fait dans la minute même, elle ferait exécuter tout le monde (c'est cette façon de voir qui avait rendu l'assemblée si fébrile).

Alice ne trouva rien à dire si ce n'est : « Il appartient à la Duchesse, il vaudrait mieux lui demander *son* avis.

— Elle est en prison, dit la Reine au Bourreau, allez la chercher. » Le Bourreau partit comme une flèche.

La tête du Chat s'effaça alors peu à peu et quand le Bourreau revint avec la Duchesse, il avait tout à fait disparu. Le Roi et le Bourreau se mirent fiévreusement à sa recherche et les autres retournèrent au jeu.

CHAPITRE NEUF

Histoire de la fameuse tortue

« VOUS ne pouvez savoir comme je suis heureuse de vous revoir, chère vieille chose ! » dit la Duchesse en saisissant affectueusement le bras d'Alice, et elles partirent ensemble.

Alice était très contente de la retrouver de si plaisante humeur. Sans doute était-ce le poivre qui l'avait rendue si méchante lors de leur rencontre dans la cuisine. « Quand je *serai* une Duchesse, se dit-elle (sans trop d'espoir cependant), je n'aurai *jamais* de poivre dans ma cuisine. Le potage s'en passera très bien. Ce doit être le poivre qui rend les gens de si mauvaise humeur, poursuivit-elle, très fière d'avoir trouvé une nouvelle idée, et le vinaigre qui les rend aigres, et la camomille qui les rend amers et les sucres d'orge et autres gourmandises qui rendent les enfants si doux. Je voudrais que les gens sachent *cela* ; ils seraient sûrement plus généreux, vous savez. »

Elle avait tout à fait oublié la Duchesse et fut un peu surprise quand elle l'entendit souffler dans son oreille : « Vous pensez, ma chérie, et cela vous rend muette. Je ne peux vous dire actuellement quelle morale cela donne, mais je m'en souviendrai bientôt.

— Peut-être aucune morale, osa remarquer Alice.

— Ta, ta, ta, petite ignorante ! dit la Duchesse. Tout a une morale si seulement on la trouve. » A mesure qu'elle parlait, elle serrait Alice de plus en plus fort.

Alice n'en était pas ravie. D'abord parce que la Duchesse était très laide, ensuite parce qu'elle avait exactement la hauteur voulue pour appuyer son menton contre l'épaule d'Alice, et que c'était un menton particulièrement pointu. Néanmoins, elle ne voulait pas être impolie et le supporta comme elle put.

« Il me semble que le jeu va beaucoup mieux maintenant ! dit-elle, histoire d'entretenir un peu la conversation.

— C'est vrai, dit la Duchesse, et la morale de ceci est : « Oh ! c'est l'amour, c'est l'amour qui fait tourner le monde ! »

— Quelqu'un a dit, murmura Alice, que le monde tournait rond quand chacun se mêlait de ses propres affaires.

— Eh bien, ça veut dire à peu près la même chose », dit la Duchesse qui enfonça son petit menton pointu dans l'épaule d'Alice en ajoutant :

« Et la morale de *ceci* est : Prenez soin du sens, les sons prendront soin d'eux-mêmes. »

« Comme elle aime trouver des morales », pensa Alice.

« Je suis sûre que vous vous demandez pourquoi je ne mets pas mon bras autour de votre taille, dit la Duchesse au bout d'un moment, mais c'est parce que je n'ai pas confiance dans le caractère de votre flamant. Puis-je essayer ?

— Il pourrait vous piquer, répondit Alice, soucieuse d'éviter cette expérience.

— Très juste, dit la Duchesse ; les flamants et la moutarde piquent. Et la morale de ceci est : Les oiseaux de même plumage se ressemblent !

— Seulement la moutarde n'est pas un oiseau, remarqua Alice.

— Juste, comme d'habitude, dit la Duchesse. Comme vous exposez clairement les choses !

— C'est un minéral, je pense ! dit Alice.

— Naturellent, dit la Duchesse qui semblait disposée à approuver tout ce que disait Alice. Il y a près d'ici une grande mine de moutarde. Et la morale de ceci est : « *La mine* est plus près de la *mienne* que de la vôtre. »

— Oh ! Je sais ! s'écria Alice, qui n'avait pas pris garde à cette dernière remarque. C'est un végétal ! Ça n'en a pas l'air mais c'en est un.

— Vous avez raison, dit la Duchesse, et la morale de ceci est : Soyez ce que vous voudriez avoir l'air d'être, ou si vous préférez, plus simplement dit : Ne vous imaginez pas que vous êtes autrement que ce qu'il semble aux autres ou que ce que vous auriez pu être soit différent de ce que vous seriez autrement.

— Je pense que je comprendrais mieux, dit Alice très poliment, si c'était écrit, mais je regrette de ne pouvoir vous suivre.

— Cela n'est rien comparé à ce que je pourrais dire si je voulais, répondit la Duchesse d'un ton satisfait.

— Je vous en prie, ne vous donnez pas la peine, dit Alice.

— Oh ! ne parlez pas de peine ! dit la Duchesse. Je vous fais cadeau de tout ce que j'ai dit jusqu'à présent. »

« Un cadeau qui ne lui coûte pas cher ! pensa Alice. Heureusement que les cadeaux d'anniversaire ne sont pas comme ça ! » Mais elle ne se risqua pas à faire cette remarque à voix haute.

« Encore en train de penser ? demanda la Duchesse en enfonçant un peu plus son menton pointu.

— J'ai bien le droit de penser, dit Alice sèchement, car elle commençait à en avoir assez.

— Vous en avez le droit, à peu près comme les cochons ont le droit de voler, dit la Duchesse, et la mora... »

Mais cette fois, à la grande surprise d'Alice, la voix de la Duchesse s'éteignit au milieu de son mot favori et le bras qui était accroché au sien se mit à trembler. Alice leva les yeux et vit, en face d'elle, la Reine, bras croisés, fronçant les sourcils, lançant des éclairs.

« Belle journée, Votre Majesté ! commença la Duchesse d'une voix craintive.

— Maintenant, je vous avertis, cria la Reine qui martelait le sol en parlant : il faut que vous ou votre tête disparaissiez, et ceci en moins de temps qu'il n'en faut pour le dire ! Choisissez ! »

La Duchesse fit son choix : elle disparut.

« Continuons à jouer », dit la Reine à Alice qui, trop effrayée pour dire un mot, la suivit vers le terrain de croquet.

Les autres invités avaient profité de l'absence de la Reine pour se reposer à l'ombre. Dès qu'ils la virent, ils se précipitèrent vers le jeu. La Reine fit observer négligemment qu'un instant de retard leur coûterait la vie.

Aussi longtemps qu'ils jouèrent, la Reine continua de se quereller et de hurler : « Coupez la tête de celui-ci, coupez la tête de celui-là. ». Et ceux qu'elle avait condamnés étaient conduits en prison par les soldats qui, naturellement, ne pouvaient plus faire les arceaux pendant ce temps. Bientôt, tous les joueurs, à l'exception du Roi, de la Reine et d'Alice, furent en prison, condamnés à mort.

Alors la Reine à bout de souffle abandonna la partie et dit à Alice :

« Avez-vous déjà vu la Tortue-à-Tête-de-Veau ?

— Non, dit Alice, je n'ai même pas idée de ce que ça peut être.

— C'est ce qui sert à faire la fausse soupe à la tortue, dit la Reine.

— Je n'en ai jamais vu, ni entendu parler, dit Alice.

— Venez alors, dit la Reine, elle vous racontera son histoire. »

Comme elles partaient ensemble, Alice entendit le Roi dire à voix basse :

« Vous êtes tous graciés. »

« Allons, voilà qui est bien ! » se dit Alice qui avait été attristée par le nombre d'exécutions ordonnées par la Reine.

Bientôt, elles arrivèrent près d'un Griffon qui dormait profondément, étendu au soleil.

« Debout, paresseux ! dit la Reine, et conduisez cette jeune fille à la Tortue-à-Tête-de-Veau pour qu'elle entende son histoire. Je dois rentrer et voir ce qui est advenu de quelques exécutions que j'ai ordonnées. »

Elle s'éloigna, laissant Alice seule avec le Griffon. Alice n'aimait pas beaucoup l'aspect du Griffon, mais elle pensa qu'autant valait rester avec lui que suivre cette maudite Reine : elle attendit donc.

Le Griffon se redressa, se frotta les yeux et suivit la Reine du regard jusqu'à ce qu'elle eût disparu. Alors il ricana.

« Quelle loufoque ! dit-il, moitié pour lui, moitié pour Alice.

— Qui est loufoque ? dit Alice.

— Eh, bien, *elle,* dit le Griffon, ce n'est pas vrai tout ça. Ils n'exécutent jamais personne, vous savez. Venez ! »

« Tout le monde ici dit « venez », pensa Alice en le suivant, je n'ai jamais reçu tant d'ordres de ma vie, jamais ! »

Ils n'avaient pas fait beaucoup de chemin lorsqu'ils aperçurent la Tortue-à-Tête-de-Veau assise, triste et solitaire, sur le bord d'un rocher. En approchant, Alice put l'entendre soupirer comme si son cœur allait se briser. Très émue, elle demanda au Griffon :

« Qu'est-ce qui la chagrine ? »

Et le Griffon répondit presque avec les mêmes mots qu'auparavant :

« Ce n'est pas vrai tout ça : elle n'a aucun chagrin, vous savez. Venez ! »

Ils montèrent donc près de la Tortue-à-Tête-de-Veau qui les regardait avec des yeux pleins de larmes mais ne disait rien.

« Voici, dit le Griffon, une jeune fille qui veut connaître votre histoire ; elle y tient.

— Je vais la lui raconter, dit la Tortue-à-Tête-de-Veau d'une voix triste et caverneuse ; asseyez-vous tous les deux et ne dites rien jusqu'à ce que j'aie fini. »

Ils s'assirent donc et gardèrent le silence pendant quelques minutes. Alice pensa : « Je ne vois pas comment elle pourra finir si elle ne commence jamais. » Pourtant elle attendit patiemment.

« Autrefois, dit enfin la Tortue-à-Tête-de-Veau avec un profond soupir, j'étais une vraie Tortue. »

Ces mots furent suivis d'un très long silence interrompu seulement de temps à autre par une exclamation de « Hjchrrh ! »

de la part du Griffon, et les sanglots incessants de la Tortue-à-Tête-de-Veau. Alice était sur le point de se lever et de dire : « Merci, Madame, pour votre intéressante histoire », mais elle ne pouvait s'empêcher de penser que l'histoire ne *pouvait* déjà être finie. Elle resta donc assise tranquillement sans rien dire.

« Quand nous étions petits, poursuivit enfin la Tortue-à-la-Tête-de-Veau, plus calmement, bien qu'avec un sanglot par-ci, par-là, nous allions à l'école dans la mer. Le maître était une vieille Tortue, nous l'appelions la Torture.

— Pourquoi l'appeliez-vous la Torture ? demanda Alice.

— Parce qu'il était notre tortureur, dit la Tortue d'un ton fâché, vous êtes vraiment assommante !

— Vous devriez avoir honte de demander des choses aussi simples », ajouta le Griffon.

Ils s'assirent et la regardèrent en silence, si bien que la pauvre Alice aurait voulu pouvoir disparaître sous terre. A la fin, le Griffon dit à la Tortue-à-Tête-de-Veau :

« Allons, ma vieille ! N'y passez pas toute la journée. »

Et la Tortue continua ainsi :

« Oui, nous allions à l'école dans la mer bien que vous ne vouliez pas le croire...

— Je n'ai jamais dit ça ! interrompit Alice.

— Si ! affirma la Tortue-à-Tête-de-Veau.

— Allez-vous vous taire ! » dit le Griffon, avant même qu'Alice ait eu le temps de placer un mot.

La Tortue poursuivit :

« Nous avons reçu la meilleure éducation. En fait nous allions à l'école tous les jours.

— *Moi aussi,* dit Alice, vous n'avez aucune raison d'être aussi fière.

— Avec des cours supplémentaires ? demanda la Tortue un peu inquiète.

— Oui, dit Alice, nous apprenions le français et la musique.

— Et le lavage ? demanda la Tortue-à-Tête-de-Veau.

— Sûrement pas ! dit Alice indignée.

— Ah ! alors, votre école n'était pas vraiment une bonne école, dit la Tortue sur un ton de grand soulagement. A la *nôtre* il

80

y avait à la fin de la note : « Français, musique et *blanchisserie* — en supplément. »

— Vous ne deviez pas en avoir grand besoin, dit Alice, puisque vous viviez au fond de l'eau.

— Je n'étais pas assez riche pour suivre ces cours, dit la Tortue avec un soupir, je suivais seulement les cours ordinaires.

— C'est-à-dire ? demanda Alice.

— J'apprenais à rire et à écorner, naturellement, pour commencer, répondit la Tortue-à-Tête-de-Veau, et ensuite les différentes parties de l'arithmétique : Ambition, Distraction, Enlaidification et Dérision.

— Je n'ai jamais entendu parler de l'Enlaidification, risqua Alice : qu'est-ce que c'est ? »

Indigné, le Griffon leva les pattes en l'air en s'écriant :

« Quoi, vous n'avez jamais entendu parler d'enlaidir ? Vous savez pourtant bien ce qu'embellir signifie, je suppose ?

— Oui, dit Alice hésitante, cela veut dire... rendre quelque chose plus joli.

— Évidemment. Alors, si vous ne savez pas ce qu'enlaidir signifie, vous *êtes* une sotte ! »

Alice ne se sentit pas encouragée à poser d'autres questions. Aussi, se tournant du côté de la Tortue, elle dit :

« Qu'avez-vous encore appris ?

— Eh bien, il y avait le Grimoire, répondit la Tortue en comptant les sujets sur ses pattes : le Grimoire, l'ancien et le nouveau, avec la Mérographie, et puis l'Anonnation : le maître à ânonner était une vieille anguille qui venait une fois la semaine. Il nous enseignait à ânonner, à s'étirer et à s'endormir en spirale.

— Comment est-ce ? demanda Alice.

— Eh bien, je ne peux pas vous le montrer moi-même, dit la Tortue-à-Tête-de-Veau, je suis trop raide. Et le Griffon ne l'a jamais appris.

— Je n'avais pas le temps, dit le Griffon. Je suis pourtant allé aux cours du professeur de lettres, c'était un vieux Crabe.

— Moi, je n'y suis jamais allée, soupira la Tortue-à-Tête-de-Veau, il enseignait le Rire et le Chagrin, disait-on.

82

— C'est vrai, c'est vrai, dit le Griffon en soupirant à son tour, et tous deux cachèrent leur tête dans leurs pattes.

— Et vous aviez combien d'heures de leçons par jour ? se hâta de dire Alice pour changer de sujet.

— Dix heures, le premier jour, dit la Tortue-à-Tête-de-Veau, neuf le second jour et ainsi de suite.

— Curieux emploi du temps ! s'écria Alice.

— On appelle ça des *cours* parce qu'ils sont de jour en jour un peu plus *courts* », expliqua le Griffon.

Alice n'avait pas encore pensé à cela et elle réfléchit avant de poser une autre question :

« Alors, le onzième jour était jour de vacances ?

— Naturellement ! dit la Tortue.

— Et que faisiez-vous le douzième jour ?

— En voilà assez avec les leçons ! interrompit le Griffon. Parlez-lui des jeux maintenant. »

CHAPITRE DIX

Le quadrille des homards

L A Tortue-à-Tête-de-Veau soupira profondément et se cacha les yeux avec sa patte. Puis elle regarda Alice et essaya de parler, mais pendant une ou deux minutes les sanglots l'en empêchèrent : « C'est comme si elle avait une arête dans le gosier », dit le Griffon. Il la secoua et lui tapa dans le dos. A la fin la Tortue retrouva la parole et poursuivit, tandis que les larmes dégoulinaient le long de ses joues :

« Peut-être n'avez-vous pas beaucoup vécu au fond de la mer (« En effet », dit Alice) et peut-être n'avez-vous jamais été présentée à un homard... (Alice était sur le point de dire : « J'en ai mangé une fois. » Mais elle s'arrêta à temps et dit : « Non, jamais ») – en sorte que vous n'avez aucune idée du charme que présente un quadrille de homards !

– Non, en vérité, dit Alice, quelle sorte de danse est-ce donc ?

– Voilà, dit le Griffon, on se range d'abord sur une ligne le long de la plage.

– Sur deux lignes ! s'écria la Tortue : phoques, tortues, saumons et ainsi de suite ; et puis on débarrasse le terrain des méduses qui s'y trouvent.

– *Cela* prend, en général, pas mal de temps, interrompit le Griffon.

– Vous faites deux pas en avant.

– Chacun avec un homard pour partenaire, s'écria le Griffon.

– Naturellement, dit la Tortue. Deux pas en avant, par couples.

– Vous changez de homard, et vous vous retirez dans le même ordre, continua le Griffon.

– Alors, vous savez, poursuivit la Tortue, vous jetez les...

– ...Les homards ! hurla le Griffon, en bondissant en l'air.

– ...Aussi loin que vous pouvez dans la mer.

84

— Vous nagez derrière eux ! hurla le Griffon de plus belle.

— Vous faites un saut périlleux dans la mer ! cria la Tortue-à-Tête-de-Veau en cabriolant comme une folle.

— Vous changez de homard ! hurla le Griffon.

— Vous revenez sur la terre, et c'est fini pour la première figure, dit la Tortue, baissant brusquement le ton. Et les deux créatures qui avaient tout ce temps sauté comme des folles s'assirent très tristes et très tranquilles et regardèrent Alice.

— Ce doit être une jolie danse, dit Alice timidement.

— Aimeriez-vous la voir danser ? demanda la Tortue-à-Tête-de-Veau.

— J'aimerais beaucoup, dit Alice.

— Essayons la première figure ! dit la Tortue au Griffon. — Vous savez, nous pouvons nous passer des homards, mais qui va chanter ?

— Oh ! chantez, *vous*, dit le Griffon, moi j'ai oublié les paroles. »

Ils commencèrent donc à danser solennellement, tournant autour d'Alice, lui marchant à chaque instant sur les doigts de pieds et agitant leurs pattes de devant pour battre la mesure, tandis que la Tortue-à-Tête-de-Veau psalmodiait lentement et tristement :

« Voulez-vous aller un peu plus vite ? dit un merlan à un bigorneau.

« Il y a une carpe derrière moi qui m'écrase la queue.

« Voyez comme s'avancent, rapides, les homards et les tortues !

« Ils attendent sur la plage — voulez-vous venir vous joindre à la danse ?

« Voulez-vous, ne voulez-vous pas, voulez-vous entrer dans la danse ?

« Voulez-vous, ne voulez-vous pas, voulez-vous entrer dans la danse ?

« Vous ne pouvez vraiment pas savoir comme c'est délicieux,

« Quand ils nous prennent et nous lancent, avec les homards, dans la mer. »

85

Mais le bigorneau répondit : « Trop loin, trop loin ! » et lui jeta un regard de méfiance.

Il dit qu'il remerciait aimablement le merlan mais ne pouvait entrer dans la danse.

« Voulez-vous, ne voulez-vous pas, voulez-vous entrer dans la danse?

« Voulez-vous, ne voulez-vous pas, voulez-vous entrer dans la danse ?

« Qu'importe si nous allons loin, répondit son amie à écailles.

« Il y a un autre rivage, vous savez, de l'autre côté.

« Plus on s'éloigne de l'Angleterre, plus on s'approche de la France.

« Alors ne pâlissez pas, mon bigorneau, et entrez dans la danse.

« Voulez-vous, ne voulez-vous pas, voulez-vous entrer dans la danse ?

« Voulez-vous, ne voulez-vous pas, voulez-vous entrer dans la danse ? »

« Merci, c'est une très belle danse, dit Alice, très heureuse au fond que ce soit fini, j'aime tellement ce chant sur le merlan !

— Oh ! pour ce qui est des merlans, dit la Tortue, ils... Vous en avez vu, naturellement ?

— Oui, dit Alice, j'en ai souvent vu à dîn... (Elle s'arrêta juste à temps.)

— Je ne sais où peut être Dîn, dit la Tortue-à-Tête-de-Veau, mais si vous en avez vu souvent vous savez évidemment comment ils sont faits.

— Je crois bien, répondit Alice pensivement, ils ont la queue dans la bouche et sont couverts de miettes de pain.

— Vous faites erreur pour les miettes de pain, dit la Tortue, la mer les enlèverait. Mais ils *ont* la queue dans la bouche et la raison en est... »

Là-dessus la Tortue-à-Tête-de-Veau bâilla et ferma les yeux.

« Explique-lui et dis-lui tout, dit-elle au Griffon.

— La raison en est, dit le Griffon, qu'ils *voulaient* aller danser avec les homards. Ils furent donc jetés à la mer. Ils eurent donc à tomber très loin. Ils serrèrent donc leur queue dans leur bouche si fort qu'il ne leur fut pas possible de la retirer. C'est tout.

— Merci, dit Alice, très intéressant ! C'est la première fois que j'en apprends tant sur les merlans.

— Je peux vous en raconter bien d'autres, si cela vous amuse, dit le Griffon... Savez-vous d'où vient le nom du Lion de mer ?

— Je n'ai jamais pensé à cela, dit Alice. D'où vient-il ?

— *Il fait les bottes et les chaussures »,* répondit le Griffon avec solennité.

Alice n'en revenait pas : « fait les bottes et les chaussures ! » répétait-elle, stupéfaite.

— Voyons, avec quoi fait-on *vos* chaussures ? demanda le Griffon. Je veux dire : qu'est-ce qui les rend si brillantes ? »

Alice regarda ses pieds et réfléchit un instant avant de répondre :

« On les fait avec du cirage Lion noir, je crois.

— Eh bien, les bottes et les chaussures des habitants de la mer, déclara le Griffon d'une voix profonde, sont faites avec du Lion de mer. Voilà. Maintenant, vous savez.

— Et de quoi sont-elles faites ? demanda Alice sur le ton de la plus vive curiosité.

— Avec des lottes pour les bottes et des anguilles qu'on fait *cuir* ! répondit le Griffon impatienté, les plus moules savent ça ! »

Au bout d'un instant, Alice qui pensait encore à la chanson ajouta :

« Si j'avais été merlan, j'aurais dit à la carpe : Restez derrière, s'il vous plaît : nous ne voulons pas de *vous.*

— Ils étaient obligés de l'avoir avec eux, dit la Tortue, un poisson raisonnable ne va jamais nulle part sans Carpe.

— Vraiment? dit Alice sur un ton de grande surprise.

— Sûrement pas, dit la Tortue, si un poisson venait me voir pour me dire que nous partons en voyage, je lui demanderais d'abord s'il a une bonne *carpe !*

— N'est-ce pas *carte* que vous voulez dire ? demanda Alice.

« — Je veux dire ce que je dis », répliqua la Tortue-à-Tête-de-Veau d'un ton offensé.

Et le Griffon ajouta pour Alice :

« Allons, racontez-nous quelques-unes de *vos* aventures.

— Je peux vous raconter mes aventures à partir de ce matin, dit Alice un peu timidement, mais il est inutile que je commence à partir d'hier parce que j'étais une personne différente.

— Expliquez-nous tout ça, dit la Tortue-à-Tête-de-Veau.

— Non et non ! Les aventures d'abord ! dit le Griffon d'une voix impatiente, les explications prennent trop de temps. »

Alice commença donc à leur raconter ses aventures à partir du moment où elle avait rencontré le Lapin Blanc pour la première fois. Elle était un peu troublée au début, car les deux créatures s'étaient rapprochées d'elle et, yeux écarquillés, bouche béante, la touchaient presque de chaque côté. Cependant, elle prit courage à mesure qu'elle progressait dans son histoire. Ses auditeurs furent tout oreilles, mais quand elle arriva à l'endroit de son histoire où, récitant *« Vous êtes vieux, père Guillaume »* à la Chenille, tous les mots étaient venus de travers, la Tortue respira profondément et dit :

« Cela est très curieux !

— C'est vraiment curieux, approuva le Griffon.

— Les mots sont venus tout de travers ! répéta pensivement la Tortue-à-Tête-de-Veau. J'aimerais l'entendre réciter quelque chose maintenant. Demandez-le-lui. » Et elle fixa le Griffon comme si elle pensait qu'il exerçait quelque autorité sur Alice.

« Levez-vous et récitez : *« C'est le chant de la limace »,* dit le Griffon.

« Comme ces créatures sont autoritaires, elles sont toujours à vous faire réciter vos leçons ! pensa Alice. Je ferais aussi bien d'être à l'école ! » Pourtant, elle se leva, mais sa tête était si pleine du Quadrille des Homards qu'elle savait à peine ce qu'elle disait et les mots se présentèrent dans un ordre vraiment étrange :

C'est la voix du Homard ; je l'entends qui déclare :
Vous m'avez trop rôti, je dois sucrer ma chevelure,

Comme un Canard avec ses paupières, lui avec son nez
Astique ceinture et boutons et redresse ses orteils
Quand les sables sont bien secs, il est gai comme une alouette
Et ne craint pas de parler avec mépris du Requin
Mais, quand la marée monte, que les Requins s'assemblent
Sa voix devient timide et tremble…

« C'est très différent de ce que j'avais l'habitude de dire quand j'étais enfant, observa le Griffon.

— Eh bien, je n'ai encore jamais rien entendu de pareil, dit la Tortue, mais j'ai l'impression que c'est extraordinairement absurde. »

Alice ne dit rien. Elle s'était assise, la figure dans les mains, se demandant s'il n'arriverait pas *enfin* quelque chose de normal.

« J'aimerais comprendre ce que ça veut dire, dit la Tortue.

— Elle ne peut pas l'expliquer, se hâta de dire le Griffon. Continuez, dit-il à Alice.

— Mais à propos de ses doigts de pieds ? insista la Tortue, comment *pouvait*-il les redresser avec son nez ? Pouvez-vous me le dire ?

— C'est la première position de la danse », dit Alice.

Mais, complètement ahurie par tout cela, elle avait hâte de changer de sujet.

« Continuez ! répéta le Griffon, cela commence ainsi : « *Je passais par son jardin.* »

Alice n'osa pas désobéir, bien qu'elle sentît d'avance que tout allait venir de travers. Elle continua d'une voix tremblante :

Je passais par son jardin et remarquai d'un œil
Comment Hibou et Panthère partageaient un pâté.
La Panthère prit la croûte, la sauce et la viande
Et le Hibou dut se contenter du plat.
Quand le pâté fut fini, le Hibou pour récompense
Eut le droit d'empocher la cuillère
Mais en grondant la Panthère prit le couteau et la fourchette
Et termina le banquet par…

« A quoi bon répéter tout ça, interrompit la Tortue, si vous n'expliquez rien ? C'est de loin la chose la plus incompréhensible que j'aie jamais entendue !

— Oui. Je pense qu'il vaut mieux que vous vous arrêtiez », dit le Griffon. Et Alice ne fut que trop heureuse d'en avoir fini.

« Essaierons-nous de danser une autre figure du quadrille du Homard ? poursuivit le Griffon, ou préférez-vous que la Tortue vous chante une chanson ?

— Oh ! une chanson, je vous en prie, si la Tortue veut bien, répondit Alice, si vivement que le Griffon dit d'un tot plutôt offensé :

— Heu ! chacun son goût ! Chantez-lui : « *La soupe à la Tortue* », voulez-vous, ma vieille ? »

La Tortue-à-Tête-de-Veau soupira profondément et commença d'une voix entrecoupée de sanglots :

Belle soupe si riche et verte,
Qui attend dans une soupière chaude
Qui ne s'arrêterait pour de telles gourmandises ?
Soupe du soir, belle soupe !
Bel—le sou—pe !
Bel—le sou—pe !
Sou—oupe du soi—oir
Belle, belle soupe !
Belle soupe ! Qui se soucie de poissons,
De gibier, de n'importe quoi ?
Qui ne donnerait pas tout pour
Seulement deux sous de belle soupe ?
Seulement deux sous de belle soupe ?
Belle sou—oupe !
Bel—le sou—pe !
Sou—oupe du soi—oir
Belle, bel—le SOUPE !

« Le refrain ! » cria le Griffon.

La Tortue allait justement commencer à le répéter, quand, dans le lointain, on entendit un cri : « Le procès est commencé ! »

« Venez ! » cria le Griffon, et saisissant Alice par la main, il partit à toute vitesse, sans attendre la fin de la chanson.

« De quel procès s'agit-il ? » souffla
Alice en courant ; mais le Griffon dit
seulement : « Venez ! » et courut
plus vite, tandis que, de plus en
plus faibles, emportés par la brise,
venaient les mots mélancoliques :

Sou−oupe du soi−oir,
Belle, belle soupe !

CHAPITRE ONZE

Qui a volé les tartes ?

QUAND ils arrivèrent, le Roi et la Reine de Cœur siégeaient sur leur trône. Une foule de petits oiseaux et d'animaux, avec le paquet de cartes au complet, était rassemblée autour d'eux. Le Valet, en avant, se trouvait enchaîné ; à sa droite et à sa gauche, il y avait un soldat pour le garder. Près du Roi se tenait le Lapin Blanc, une trompette dans une main, un rouleau de parchemin dans l'autre. Au milieu même de la cour on avait dressé une table supportant de nombreux plats de tartes. Elles avaient l'air si bonnes que la gourmandise d'Alice s'éveilla. » Je voudrais que le procès soit fini, pensa-t-elle, et que ce soit l'heure des rafraîchissements. » Mais il n'y avait apparemment aucune chance pour qu'il en soit ainsi, et elle se mit à regarder autour d'elle, histoire de faire passer le temps.

Elle ne s'était encore jamais trouvée devant un tribunal. Cependant elle fut très fière de constater que, d'après les livres qu'elle avait lus, elle pouvait nommer presque tout ce qui l'environnait. « Ça, c'est le juge, se dit-elle, à cause de sa grande perruque. »

D'ailleurs le juge, c'était le Roi ; et comme il portait sa couronne par-dessus sa perruque, il n'avait pas l'air très à son aise. De plus, cela ne l'embellissait guère.

« Et ceci est le banc du jury, pensa Alice, et ces douze créatures (elle disait créatures à cause de la grande variété d'animaux et d'oiseaux), je suppose que ce sont « les jureurs ». Elle répéta ce mot deux ou trois fois en elle-même, tant elle en était fière, car elle pensait, et assez justement, que très peu de petites filles de son âge en connaissaient le sens. Cependant « jurés » eût tout aussi bien fait. Les douze jurés étaient fébrilement occupés à écrire sur des ardoises. «Que font-ils donc ? murmura Alice au Griffon, ils ne peuvent avoir déjà quelque chose à écrire puisque le procès n'est pas encore commencé.

— Ils écrivent leurs noms, expliqua le Griffon à voix basse, par crainte de les oublier avant la fin du procès.

— Qu'ils sont stupides ! » s'exclama Alice d'une voix forte et indignée, mais elle s'arrêta court, car le Lapin cria :

« Silence dans l'assemblée ! » Et le Roi mit ses lunettes et regarda anxieusement à la ronde pour savoir qui avait parlé.

Alice pouvait voir, aussi bien que si elle avait été penchée par-dessus leurs épaules, que tous les jurés étaient en train d'écrire : « *Qu'ils sont stupides !* » sur leurs ardoises. Elle put même distinguer que l'un d'eux, ignorant l'orthographe de *stupide,* dut la demander à l'un de ses voisins. « Ce sera un beau griffouillis que leurs ardoises d'ici la fin du procès ! » pensa Alice.

L'un des jurés avait un crayon qui grinçait. Alice ne put naturellement *pas* le supporter, elle fit le tour de l'assemblée, vint se mettre derrière lui, et, très vite, trouva l'occasion de lui enlever le crayon. Elle le fit si prestement que le pauvre petit juré (c'était Bill le Lézard) ne put comprendre où était passé son crayon ; aussi, après avoir cherché partout, il dut se résigner à écrire avec un doigt pendant le reste de la journée ; et ça ne servait pas à grand-chose, car le doigt ne laissait aucune trace sur l'ardoise.

« Greffier, lisez l'acte d'accusation ! » dit le Roi.

Là-dessus le Lapin Blanc souffla très fort dans sa trompette, puis déroula le parchemin et lut ce qui suit :

La Reine de Cœur avait préparé des tartes
  Par un beau jour d'été,
Mais un Valet de Cœur a volé les tartes
  Et les a emportées.

« Rendez votre verdict ! dit le Roi au jury.

— Pas encore, pas encore ! protesta le Lapin Blanc. Il y a encore beaucoup à faire !

— Appelez le premier témoin ! » dit le Roi.

Le Lapin Blanc souffla trois fois dans sa trompette et appela :

« Premier témoin ! »

94

Le premier témoin était le Chapelier. Il entra, une tasse à thé dans une main et une tartine beurrée dans l'autre.

« Je vous demande pardon, Votre Majesté, commença-t-il, de me présenter de cette manière, mais je n'avais pas encore fini mon thé quand j'ai été appelé.

— Vous auriez dû avoir fini, dit le Roi. Quand avez-vous commencé ? »

Le Chapelier regarda le Lièvre de Mars qui l'avait suivi au tribunal, bras dessus bras dessous avec le Loir.

« Le quatorze Mars, je *pense,* dit-il.

— Le quinze, dit le Lièvre de Mars.

— Le seize, dit le Loir.

— Prenez note », dit le Roi au jury, et les jurés écrivirent les trois dates sur les ardoises, en firent une addition et réduisirent le résultat en francs et en centimes.

« Retirez votre chapeau, dit le Roi au Chapelier.

— Ce n'est pas le mien, dit le Chapelier.

— Il l'a *volé !* s'exclama le Roi en se tournant vers le jury qui inscrivit aussitôt.

— J'ai des chapeaux pour les vendre, expliqua le Chapelier, ils ne m'appartiennent pas. Je suis chapelier. »

Ici la Reine mit ses lunettes et fixa le Chapelier qui pâlit et se troubla.

« Témoignez, dit le Roi, et ne vous troublez pas, sinon je vous fais exécuter sur-le-champ. »

Ceci ne sembla pas du tout encourager le témoin. Il continua à danser d'un pied sur l'autre, regardant la Reine à la dérobée et, dans son trouble, cassa avec ses dents un morceau de sa tasse au lieu de mordre dans sa tartine.

Juste à ce moment, Alice éprouva une sensation très curieuse, qui l'étonna beaucoup, mais elle comprit ce qui se passait : elle recommençait à grandir. Elle pensa d'abord à se lever et à quitter le tribunal ; mais, à la réflexion, elle décida de rester où elle était aussi longtemps qu'il y aurait assez de place pour elle.

« Je voudrais bien que vous ne me serriez pas comme ça, fit le Loir qui était assis à côté d'elle, c'est à peine si je peux respirer.

— Je n'y peux rien, dit Alice très humblement, je suis en train de grandir.

— Vous n'avez pas le droit de grandir *ici*, dit le Loir.

— Ne dites pas de bêtises, répliqua Alice brusquement, vous savez bien que vous grandissez aussi.

— Oui, mais je grandis à une vitesse raisonnable, dit le Loir, et non de cette façon ridicule. » Et il se leva, furieux, pour aller de l'autre côté du tribunal. Pendant tout ce temps, la Reine n'avait pas cessé de fixer le Chapelier et, juste au moment où le Loir traversait le tribunal, elle dit à l'un des huissiers :

« Apportez-moi la liste des chanteurs du dernier concert ! »

Sur quoi le misérable Chapelier trembla tellement qu'il sortit de ses chaussures.

« Témoignez ! répéta le Roi furieusement, sinon je vous fais exécuter, nerveux ou pas !

— Je suis un pauvre homme, Votre Majesté, bégaya le Chapelier d'une voix chevrotante... et je n'avais pas seulement commencé mon thé... voilà une semaine ou à peu près... maintenant les tartines sont si réduites... ce qu'il y a de terrible dans ce thé...

— Qu'est-ce qu'il y a de terrible ? dit le Roi.

— Cela *commence* par un thé, répondit le Chapelier.

— Naturellement. Terrible commence par un T ! coupa sèchement le Roi. Me prenez-vous pour un âne ? Continuez.

— Je suis un pauvre homme, poursuivit le Chapelier, et beaucoup de choses terribles après cela... le Lièvre de Mars a dit...

— Ce n'est pas vrai ! coupa le Lièvre de Mars.

— Si, c'est vrai ! dit le Chapelier.

— Je le nie ! dit le Lièvre de Mars.

— Il le nie, dit le Roi, laissez ça de côté.

— Bien, en tout cas le Loir a dit... » poursuivit le Chapelier en regardant anxieusement le Loir pour voir s'il nierait aussi, mais il ne nia rien, car il était profondément endormi.

« Après, ça, continua le Chapelier, j'ai taillé quelques tartines.

— Mais qu'est-ce que le Loir a dit ? demanda l'un des jurés.

— Ça je ne m'en souviens plus, dit le Chapelier.

— Vous *devez* vous en souvenir, remarqua le Roi, sinon vous serez exécuté. »

Le malheureux Chapelier laissa tomber sa tasse et sa tartine beurrée et s'agenouilla :

« Je suis un pauvre homme, Majesté, répéta-t-il.

— Vous êtes, un *très* pauvre *orateur* », dit le Roi.

Là-dessus, l'un des cochons d'Inde applaudit. Il fut immédiatement étouffé par les huissiers. (Comme le mot est plutôt dur, je vais vous expliquer comment cela fut fait. Ils avaient un vaste sac de toile qui se fermait avec des ficelles. Tête la première, ils y introduisirent le cochon d'Inde, et puis s'assirent sur le sac).

« Je suis bien contente d'avoir vu ça, pensa Alice, j'ai souvent lu dans les journaux : « Quand le verdict fut rendu public, il y eut une tentative d'applaudissements qui fut rapidement étouffée par les huissiers », et jusqu'à ce jour je n'avais pas compris ce que cela voulait dire. »

« Si c'est tout ce que vous savez, vous pouvez vous coucher, continua le Roi.

— Je ne peux pas descendre plus bas, dit le Chapelier, je suis actuellement à plat ventre sur le parquet.

— Alors vous pouvez vous asseoir », répondit le Roi.

Là-dessus l'autre cochon d'Inde applaudit et fut étouffé également.

« Allons, en voilà fini avec les cochons d'Inde, pensa Alice, maintenant cela ira mieux. »

« Je prérérerais finir mon thé, fit le Chapelier avec un regard anxieux à la Reine qui lisait la liste des chanteurs.

— Vous pouvez vous en aller », dit le Roi.

Le Chapelier quitta précipitamment le tribunal sans même prendre le temps de remettre ses chaussures.

« Et coupez-lui la tête dehors ! » ajouta la Reine à l'un des huissiers ; mais le Chapelier était hors de vue avant que l'huissier ait eu le temps de gagner la porte.

« Appelez le témoin suivant ! » dit le Roi.

Ce témoin était la cuisinière de la Duchesse. Elle portait la boîte à poivre dans une main, et Alice devina qui c'était, avant même qu'elle ait fait son entrée dans le tribunal, car tous ceux qui étaient près de la porte éternuèrent en même temps.

« Témoignez ! dit le Roi.

— Je ne veux pas », dit la cuisinière.

Le Roi regarda anxieusement le Lapin Blanc qui dit à voix basse :

« Vous devez contre-interroger *ce* témoin.

— Eh bien, si je dois, je dois », dit le Roi d'un air mélancolique, et, après avoir croisé les bras et froncé les sourcils au point que ses yeux disparurent presque, il demanda d'une voix profonde :

« De quoi sont faites les tartes ?

— De poivre surtout, dit la cuisinière.

— De mélasse, dit derrière elle une voix endormie.

— Prenez le Loir au collet ! hurla la Reine. Coupez-lui la tête ! Sortez-le ! Étouffez-le ! Pincez-le ! Arrachez-lui les moustaches ! »

La plus grande confusion régna sur le tribunal pendant

98

quelques minutes et, dans le temps qu'il fallut pour chasser le Loir et se réinstaller, la cuisinière avait disparu.

« Peu importe, dit le Roi, très heureux de ne pas avoir à contre-interroger. Appelez le témoin suivant ! ». Et il ajouta, à voix basse, s'adressant à la Reine :

« Vraiment, ma chère, vous devriez contre-interroger le prochain témoin. Cela me fait trop mal à la tête ! »

Tandis que le Lapin Blanc se débattait avec sa liste, Alice le fixait, très curieuse de voir le prochain témoin, « car ils n'ont pas encore de preuves », se disait-elle. Imaginez sa surprise quand elle entendit le Lapin Blanc appeler du plus haut de sa petite voix aiguë :

« Alice ? »

CHAPITRE DOUZE

Le témoignage d'Alice

« **P**RÉSENTE ! » s'écria Alice, oubliant, dans la fièvre du moment, qu'elle avait considérablement grandi. Elle se dressa si brusquement qu'elle balaya le box du jury avec le bord de sa jupe, projetant les jurés sur la tête des gens qui se trouvaient en dessous. Et là, ils se débattirent à plat ventre, tout à fait comme les poissons rouges qu'elle avait renversés sans le faire exprès, une semaine auparavant.

« Oh ! je vous demande *pardon* ! » s'écria-t-elle, consternée, et elle les ramassa aussi vite qu'elle put, car la mésaventure des poissons restait présente à son esprit et elle avait vaguement idée qu'il fallait les ramasser le plus vite possible et les remettre dans le box, sans quoi ils mourraient.

« La séance est suspendue, dit le Roi d'un ton solennel, jusqu'à ce que messieurs les jurés aient repris leur place — *tous.* » Il répéta ce dernier mot avec force, en regardant Alice durement.

Alice regarda le box des jurés et s'aperçut que, dans sa précipitation, elle avait remis le Lézard la tête en bas, en sorte que le malheureux petit Bill balançait mélancoliquement sa queue, incapable qu'il était de se remettre seul en place. Elle le retira donc et l'installa comme il convenait. « Non pas que cela signifie grand-chose, se dit-elle, je pense qu'il est *aussi* utile au tribunal dans un sens que dans l'autre. »

Dès que les jurés furent remis de leurs émotions, ardoises et crayons en main, ils entreprirent d'écrire un compte rendu de leur accident. A l'exception du lézard qui semblait trop accablé pour faire quoi que ce fût, si ce n'est rester bouche bée, les yeux au plafond.

« Que savez-vous de cette affaire ? demanda le Roi.

— Rien, dit Alice.

— *Vraiment* rien ? insista le Roi.

— Vraiment rien, répéta Alice.

– C'est très intéressant », dit le Roi en se tournant vers les jurés. Ils allaient écrire ces mots sur leurs ardoises quand le Lapin intervint : « Votre Majesté veut dire *in*intéressant, naturellement, dit-il très respectueusement, mais en lui faisant des grimaces et en fronçant les sourcils.

– *In*intéressant, évidemment », s'empressa de dire le Roi, et il murmura : « Intéressant – inintéressant – inintéressant – intéressant », comme s'il essayait de savoir ce qui sonnait le mieux.

Certains jurés écrivirent : « Intéressant », d'autres : « Inintéressant ». Alice pouvait le voir, car elle était assez près d'eux. « Mais cela n'a pas d'intérêt », pensa-t-elle.

A ce moment le Roi, qui avait été activement occupé à écrire dans son carnet de notes, cria : « Silence » et lut :

« Article quarante-deux. *Toute personne qui mesure plus d'un kilomètre doit quitter le tribunal.* »

Tous les regards se tournèrent vers Alice.

« Je ne mesure *pas* un kilomètre, dit Alice.

– Si, répliqua le Roi.

– Presque deux, ajouta la Reine.

– Possible... En tout cas, je ne partirai pas, dit Alice, de plus, ce n'est pas un article légal : vous venez de l'inventer !

– C'est le plus vieil article du code, dit le Roi.

– Alors il devrait avoir le numéro Un », dit Alice.

Le Roi pâlit et ferma son carnet.

« Délibérez ! dit-il aux jurés d'une voix tremblante.

– Il y a d'autres dépositions, s'il vous plaît, Majesté, intervint précipitamment le Lapin Blanc : on vient de trouver cette lettre.

– Que dit-elle ? dit la Reine.

– Je ne l'ai pas encore ouverte, mais il semble que ce soit une lettre écrite par un prisonnier... à quelqu'un, dit le Lapin Blanc.

– Ce doit être, dit le Roi, à moins qu'elle ne soit écrite pour personne, ce qui ne serait pas normal.

– A qui est-elle adressée ? demanda l'un des jurés.

– Il n'y a pas d'adresse, dit le Lapin Blanc. En fait, il n'y a rien d'écrit *sur* l'enveloppe. »

101

Il déplia la lettre et ajouta :

« Ce n'est pas une lettre après tout, c'est un poème.

— Est-il écrit de la main du prisonnier ? demanda un autre juré.

— Non ! dit le Lapin Blanc, et c'est ce qu'il y a de plus curieux (les jurés avaient l'air abasourdis).

— Il doit avoir imité l'écriture de quelqu'un d'autre, dit le Roi (les jurés semblèrent retrouver leurs esprits).

— S'il vous plaît, Majesté, dit le Valet, je ne l'ai pas écrit et il est impossible de prouver que je l'aie fait, car il n'y a pas de signature à la fin.

— Si vous ne l'avez pas signé, dit le Roi, cela ne rend le cas que plus mauvais. Vous *aviez* quelque mauvaise intention, sinon vous auriez signé comme tout honnête homme. »

Il y eut un applaudissement général : c'était vraiment la première fois que le Roi disait quelque chose d'intelligent.

« Cela *prouve* qu'il est coupable, dit la Reine, alors qu'on lui coupe…

— Cela ne prouve rien ! intervint Alice, vous ne savez même pas ce qu'il y a dans ce poème.

— Lisez-le, » dit le Roi.

Le Lapin Blanc mit ses lunettes.

« Par où commencerai-je, Majesté ? demanda-t-il.

— Commencez par le commencement, dit le Roi d'un ton solennel, et continuez jusqu'à la fin, puis arrêtez-vous. »

Voici ce que lut le Lapin Blanc dans un silence de mort :

Ils m'ont dit que vous l'aviez vue, Elle,
  Et que de moi vous aviez parlé
En donnant de bonnes nouvelles
  Mais disant que je ne savais pas nager.

Il lui écrivit que je n'étais pas parti,
  (Et nous savons bien que c'est vrai)
Mais si elle ne s'arrêtait avant la fin de la partie,
  Je me demande ce qui vous arriverait ?

Je lui en ai donné une, ils lui en ont donné deux
  Vous nous en avez donné trois ou plus ;
Elles sont revenues chez vous après avoir été chez eux.
  Elles étaient à moi, le reste est superflu.

S'il arrive par malheur, à moi ou à elle,
  D'être impliqués dans ce procès,
Il a décidé de nous donner des ailes,
  De nous délivrer, c'est assez.

Mon idée était que vous aviez été
  (Avant qu'elle eût cette colère)
Le véritable obstacle à notre liberté,
  Entre lui, nous-mêmes, et l'affaire.

Ne lui laissez pas savoir qu'elle les préférait,
  Cela doit rester pour toujours entre nous,
Inconnu des autres, un profond secret.
  Entre moi et vous.

« C'est la pièce à conviction la plus importante que nous ayons jamais entendue, dit le Roi en se frottant les mains, aussi maintenant que le jury…

S'il se trouve un juré pour expliquer ces vers, dit Alice (elle avait tellement grandi dans ces deux dernières minutes qu'elle n'avait plus la moindre peur de les interrompre), je lui donne cent sous. Je ne crois pas qu'il y ait un atome de bon sens là-dedans. »

Les jurés écrivirent sur leur ardoise : « Elle ne croit pas qu'il y ait un atome de bon sens là-dedans. » Mais aucun ne se proposa pour expliquer le poème.

« S'il n'a pas de sens, dit le Roi, cela nous débarrasse de bien des soucis, vous savez. De cette façon nous ne nous fatiguerons pas à chercher à comprendre. Et pourtant, je ne sais pas », continua-t-il.

Et il déplia les vers sur ses genoux, les parcourant d'un seul œil.

« J'ai l'impression que je leur trouve un sens après tout. *Mais*

104

disant que je ne savais pas nager. Vous ne savez pas nager, n'est-ce pas ? » demanda-t-il au Valet en se tournant vers lui.

Le Valet secoua la tête tristement :

« Comment ferais-je ? dit-il. (Et il est bien évident qu'il ne pouvait pas nager puisqu'il était en carton.)

— C'est bon, dit le Roi, et il poursuivit en marmottant les vers : *Et nous savons bien que c'est vrai,* c'est-à-dire que les jurés savent, naturellement… *Si elle ne s'arrêtait avant la fin de la partie,* ça doit être la Reine… *Je me demande ce qui vous arriverait ?* Ma foi, oui!… *Je lui en ai donné une, ils lui en ont donné deux,* c'est ce qu'il a dû faire avec les tartes.

— Mais la suite est : *Elles sont revenues chez vous après avoir été chez eux,* fit observer Alice.

— Eh bien, elles sont là justement, elles sont revenues ! dit le Roi triomphant en montrant les tartes sur la table. Rien ne peut être plus clair. Et puis : *Avant qu'elle eût cette colère.* Vous n'avez jamais eu de colère, je pense, ma chère ? dit-il à la Reine.

— Jamais ! » hurla la Reine, furieuse, en lançant un encrier au Lézard. (Le malheureux petit Bill avait renoncé à écrire avec son doigt, car il s'était aperçu que c'était inutile ; mais il se remit au travail avec l'encre qui dégoulinait de sa figure.)

« Alors, ça n'a pas l'air de *coller,* la *colère* », dit le Roi, regardant l'assemblée avec un sourire. (Il y eut un silence mortel.)

« C'est un jeu de mots ! » précisa le Roi mécontent, et tout le monde éclata de rire.

« Délibérez, dit le Roi aux jurés pour la vingtième fois dans la même journée.

— Non et non ! dit la Reine, jugement d'abord, délibérations après.

— Grossier et absurde ! s'écria Alice, cette idée de vouloir le jugement d'abord.

— Taisez-vous ! cria la Reine, devenue pourpre.

— Je n'en ferai rien ! dit Alice.

— Qu'on lui coupe la tête ! hurla la Reine, du plus fort qu'elle put. (Personne ne bougea.)

— Qui se soucie de vos ordres ? dit Alice (elle avait retrouvé sa taille normale). Vous n'êtes jamais qu'un paquet de cartes ! »

A ces mots, le paquet de cartes s'envola, puis retomba sur Alice. Elle poussa un petit cri, moitié de frayeur, moitié d'indignation, et voulut les chasser, mais elle se retrouva couchée sur le talus, la tête sur les genoux de sa sœur qui enlevait délicatement quelques feuilles mortes qui avaient volé des arbres sur sa figure.

« Réveille-toi, Alice chérie ! dit sa sœur, quel long somme tu as fait !

— Oh ! j'ai eu un rêve, un rêve... », dit Alice et elle raconta à sa sœur du mieux qu'elle put toutes les étranges aventures que vous venez de lire. Quand elle eut fini, sa sœur l'embrassa et dit :

« *C'était* un rêve extraordinaire, ma chérie, mais maintenant va vite prendre ton thé, il est tard. »

Ainsi Alice se leva et partit en pensant au merveilleux rêve qui était fini.

Sa sœur resta couchée sur le talus, la tête dans les mains ; elle songeait à la petite Alice et à ses incroyables aventures, si bien qu'elle fut à son tour emportée dans le rêve que voici :

D'abord, elle voyait la petite Alice — de nouveau ses mains entouraient ses genoux et ses yeux brillants fixaient les siens — elle pouvait entendre les intonations de sa voix et voir ce drôle de mouvement de tête qu'elle faisait pour chasser les cheveux de ses yeux — et, comme elle écoutait, ou semblait écouter, l'endroit où elle se trouvait se remplit des étranges créatures que sa petite

106

sœur avait vues en rêve. Les hautes herbes frémirent au passage du Lapin Blanc – la Souris effrayée plongea dans la mare voisine. Elle entendait le bruit des tasses à thé quand le Lièvre de Mars et ses amis prenaient leur interminable goûter et la voix aiguë de la Reine qui ordonnait l'exécution de ses invités. – Une fois encore le bébé-cochon éternua sur les genoux de la Duchesse, tandis que les plats et les assiettes s'écrasaient alentour – une fois de plus le cri du Griffon, le grincement du crayon sur l'ardoise du Lézard et l'étouffement des cochons d'Inde emplirent l'air, mêlés aux sanglots lointains de la malheureuse Tortue.

Elle s'assit les yeux fermés, et se crut presque au Pays des Merveilles, bien qu'elle sût qu'il lui suffirait de les ouvrir pour ne plus rien voir que la simple réalité – l'herbe ne frémissait qu'au souffle du vent et la mare se ridait au balancement des roseaux – le bruit des tasses devenait le tintement des clochettes au cou des moutons et le hurlement de la Reine était l'appel du berger – l'éternuement du bébé-cochon, le cri du Griffon et tous ces autres bruits étranges devenaient les rumeurs confuses de la ferme, tandis que le mugissement des bœufs dans le lointain remplaçait les graves sanglots de la Tortue-à-Tête-de-Veau. Finalement, elle imagina sa petite sœur devenue une vraie femme et conservant à travers les années le cœur simple et affectueux de son enfance, aimant à rassembler autour d'elle d'autres petits enfants et à faire briller *leurs* yeux avec d'étranges histoires, peut-être même avec le rêve du Pays des Merveilles. Sans doute aimerait-elle à partager leurs peines et leurs joies, se souvenant de sa propre enfance et des jours heureux de l'été.

De l'Autre côté du Miroir

DRAMATIS PERSONÆ

L'échiquier avant que commence la partie

	Pièces :	Pions :
Blancs	*Tweedledee*	Pâquerette
	Licorne	Haigha
	Brebis	Huître
	Reine Blanche	« Lily »
	Roi Blanc	Faon
	Vieil homme	Huître
	Cavalier Blanc	Hatta
	Tweedledum	Pâquerette

	Pièces :	Pions :
Rouges	*Humpty Dumpty*	Pâquerette
	Charpentier	Messager
	Morse	Huître
	Reine Rouge	Lis Tigré
	Roi Rouge	Rose
	Corbeau	Huître
	Cavalier Rouge	Grenouille
	Lion	Pâquerette

Rouges

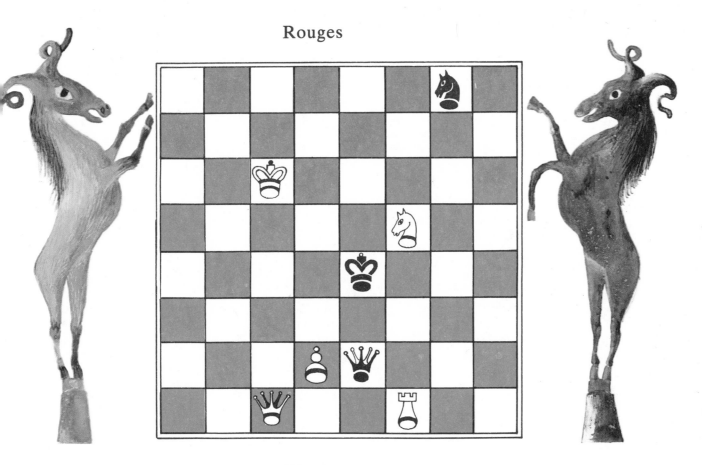

Blancs

Le Pion Blanc *Alice* joue et gagne en onze coups.

1. Alice rencontre la
   Reine Rouge
2. Alice traverse la 3ᵉ case
   (par chemin de fer) et se
   rend à la 4ᵉ
   *(Tweedledum
   et Tweedledee)*
3. Alice rencontre
   la Reine Blanche
   (avec son châle)

4. Alice se rend à la *5ᵉ case
   (boutique, rivière,
   boutique)*

1. La Reine Rouge se rend à la
   4ᵉ case de la Tour du Roi
2. La Reine Blanche se rend
   à la 4ᵉ case de
   l'Evêque de la Reine
   (après le châle)

3. La Reine Blanche se rend
   à la 5ᵉ case de l'Evêque
   de la Reine
   (devient un mouton)
4. La Reine Blanche se rend
   à la 8ᵉ case de l'Evêque
   du Roi *(laisse
   un œuf sur l'étagère)*

5. Alice passe à la 6ᵉ case
(*Humpty Dumpty*)

5. La Reine Blanche se rend
à la 8ᵉ case de l'Evêque
de la Reine
(*fuyant le Cavalier Rouge*)

6. Alice passe à la 7ᵉ case
(*la forêt*)

6. Le Cavalier Rouge se rend
à la seconde case du Roi

7. Le Cavalier Blanc prend
le Cavalier Rouge

7. Le Cavalier Blanc se rend
à la 5ᵉ case
de l'Evêque du Roi

8. Alice passe à la 8ᵉ case
(*le couronnement*)

8. La Reine Rouge se rend
à la case du Roi (*examen*)

9. Alice devient Reine

9. Les Reines roquent

10. Alice roque
(*le festin*)

10. La Reine Blanche se rend
à la 6ᵉ case
de la Reine Rouge (*soupe*)

11. Alice prend la Reine Rouge
et gagne

PRÉFACE POUR L'ÉDITION DE 1896

Comme le problème d'échecs qui précède a embarrassé certains de mes lecteurs, on me saura peut-être gré de dire ici qu'il est correctement posé dans la mesure où la marche des pièces est en jeu. Il se peut que l'alternance des Rouges et des Blancs ne soit pas aussi strictement observée qu'il se devrait, et pour ce qui est de la façon de roquer des trois Reines, c'est seulement manière de dire qu'elles entrent dans le palais. Mais pour ce qui est de l'échec du Roi Blanc au sixième coup, de la prise du Cavalier Rouge, quiconque voudra se donner la peine de placer les pièces et d'observer la marche indiquée constatera qu'ils respectent tout à fait les règles du jeu :

L. C.

Enfant au front pur,
Aux yeux de rêve émerveillés !
Bien que le temps se soit enfui, et que toi et moi
Soyons à une demi-vie l'un de l'autre,
Ton sourire aimant accueillera sûrement
Ce don d'amour, un conte de fée.

Je ne vois plus ton visage radieux
Je n'entends plus ton rire argentin.
Désormais, dans ta jeune vie
Je n'occupe plus aucune pensée.
C'est assez que tu veuilles bien
Écouter mon conte de fée.

Une histoire commencée en d'autres jours,
Quand brillait le soleil d'été…
Une simple chanson qui servait
A rythmer le battement de nos rames…
Dont l'écho vibre encore dans ma mémoire
Bien que les années jalouses conseillent l'oubli.

Viens, écoute-moi avant que la voix fatale
Des chagrins et des lourdes peines
N'emporte dans ses ténèbres
Une mélancolique jeune fille !
Nous ne sommes, chérie, que des enfants vieillis,
Qui nous agitons avant de trouver le repos.

Dehors, le froid, la neige aveuglante,
Le délire des tempêtes de vent…
Dedans, la lueur rouge du feu
Et le nid heureux de l'enfance.
Les mots magiques te protégeront
Tu n'entendras plus les folles rafales.

Et bien que l'ombre d'un regret
Puisse trembler à travers cette histoire,
Pour les jours heureux de l'été,
Et ses splendeurs passées…
Ce soupir ne viendra pas troubler
Le bonheur de notre conte de fée.

CHAPITRE UN

La maison du miroir

CERTAINEMENT, le minet *blanc* n'y était pour rien. Toute la faute revenait au minet noir. Car pendant ce dernier quart d'heure la vieille chatte avait été occupée à laver la frimousse du minet blanc (qui se montrait vraiment patient) : c'est dire qu'il ne *pouvait pas* avoir pris part au méfait.

Dinah nettoyait la frimousse de ses enfants comme suit : elle obligeait le pauvre petit à rester étendu en lui posant la patte sur l'oreille, cependant qu'avec l'autre patte, elle lui frottait la figure dans le mauvais sens, en commençant par le nez. Donc, comme je l'ai dit, elle était en pleine action avec le minet blanc qui se tenait tranquille et même essayait de ronronner — comprenant sans doute que tout cela était pour son bien.

La toilette du minet noir avait été terminée plus tôt dans l'après-midi ; aussi, pendant qu'Alice était blottie dans un coin du grand fauteuil monologuant dans un demi-sommeil, le minet s'en était donné à cœur joie avec la laine qu'Alice avait voulu dévider, et il avait si bien travaillé que tout était à recommencer. La laine était là, sur le tapis, aussi emmêlée que possible, et au beau milieu, le minet courait après sa propre queue.

« Oh ! vilain, vilain petit chat ! » s'écria Alice en l'attrapant et en lui donnant un baiser pour lui faire comprendre qu'elle ne l'aimait plus. « Vraiment, Dinah aurait pu vous apprendre de meilleures manières ! Vous *auriez dû,* Dinah, vous savez ! » ajouta-t-elle en regardant la vieille chatte d'un air de reproche et en lui parlant d'une voix qu'elle faisait aussi grondeuse que possible. Elle retourna dans son fauteuil, emportant le minet et la laine qu'elle s'efforça de pelotonner à nouveau. Mais elle n'allait pas très vite, car elle parlait tout le temps, parfois au chat, et parfois à elle-même. Kitty s'était installé discrètement sur ses genoux, affectant de surveiller le progrès du dévidage et, du bout de la patte, touchant le peloton de temps à autre, comme pour montrer qu'il aurait bien voulu aider, s'il avait pu.

115

« Demain, ce sera quel jour, le savez-vous, Kitty ? commença Alice. Vous auriez deviné si vous aviez regardé par la fenêtre avec moi − seulement Dinah faisait votre toilette, alors… Je regardais les garçons qui apportaient du bois pour le feu de joie − et il en faut du bois, Kitty ! Mais il faisait si froid et il neigeait tant qu'ils ont dû s'arrêter. Ça ne fait rien. Nous irons tout de même voir le feu de joie demain. »

Là-dessus, Alice enroula sa laine deux ou trois fois autour du cou du minet, pour voir comme cela lui allait. Il en résulta une dispute, la pelote tomba sur le sol et des mètres et des mètres de laine se déroulèrent.

« Vous savez, Kitty, j'étais si fâchée quand j'ai vu votre travail, poursuivit Alice, dès qu'ils se furent confortablement réinstallés, que j'ai failli ouvrir la fenêtre et vous jeter dehors, dans la neige… Et vous le méritiez, méchant petit amour ! Qu'est-ce que vous avez à ronchonner ? Ne m'interrompez pas, s'il vous plaît ! continua-t-elle, le doigt levé. Je vais vous rappeler vos sottises. Premièrement, vous avez grogné deux fois pendant que Dinah vous lavait la figure, ce matin. Ne dites pas non, Kitty ! Je vous ai entendu. Qu'est-ce que vous dites ? (Elle feignait de croire que le petit chat parlait.) Elle vous a mis sa patte dans l'œil ? En ce cas, c'est *votre* faute, vous n'aviez qu'à fermer les yeux − si vous les aviez bien fermés, cela ne serait pas arrivé. Maintenant, assez d'excuses, écoutez plutôt ! Deuxièmement, vous avez attrapé Flocon-de-Neige par la queue au moment où je posais la soucoupe de lait devant lui ! Quoi, vous aviez soif, vraiment ? Comment savez-vous qu'il n'avait pas soif, lui aussi ? Et maintenant, troisièmement, vous avez déroulé ma laine pendant que je ne regardais pas.

« Voilà trois fautes, Kitty, et vous n'avez encore été puni pour aucune. Vous savez que je réserve toutes les punitions pour la semaine des quatre jeudis. Et si on réservait toutes *mes* punitions ? poursuivait-elle, parlant plus à elle-même qu'au minet. Qu'est-ce que cela ferait à la fin de l'année ? Ce jour-là, on m'enverrait en prison, je suppose. Ou… voyons un peu… supposons que chaque punition consiste à me priver d'un repas… Eh bien ! quand ce malheureux jour viendrait, je serais privée de cinquante repas, au moins. C'est à voir ! Mais je crois que j'aimerais mieux m'en passer que d'avoir à les manger.

116

« Entendez-vous la neige contre les vitres, Kitty ? Quel doux bruit cela fait ! Tout à fait comme si quelqu'un dehors les couvrait de baisers. Je me demande si la neige aime les arbres et les champs pour les embrasser si gentiment. Et puis, vous savez, elle les cache bien sous un couvre-pieds blanc, et peut-être leur dit-elle : « Dormez, mes chéris, jusqu'à ce que l'été revienne. » Et quand ils se réveillent, Kitty, ils s'habillent tout en vert, et dansent — chaque fois que le vent souffle — oh ! que c'est joli ! s'écria Alice, abandonnant la pelote de laine pour battre des mains. Et comme je *voudrais* que ce soit vrai ! Je suis sûre que les bois ont l'air de s'endormir en automne, quand les feuilles jaunissent.

« Kitty, savez-vous jouer aux échecs ? Allons, ne souriez pas, mon chéri, je parle sérieusement. Quand nous jouions, tout à l'heure, vous nous regardiez comme si vous aviez compris le jeu. Et quand j'ai dit : « Échec ! » vous vous êtes mis à ronronner ! Oui, ce fut un bel échec, Kitty ! Et vraiment, j'aurais dû gagner, sans ce maudit chevalier qui est venu se perdre dans mes pièces. Kitty, mon chéri, supposons — ». Ici, j'aimerais pouvoir vous rapporter la moitié des choses qu'Alice disait en commençant par son mot favori : supposons. La veille seulement, elle avait eu une longue discussion avec sa sœur parce qu'elle avait dit : « Supposons que nous sommes des rois et des reines », et sa sœur, qui aimait la précision, avait prétendu que c'était impossible puisqu'elles n'étaient que deux, et Alice, finalement, en avait été réduite à dire : « Bon, *vous* pouvez toujours en être un, et moi, je serai tous les autres. » Une fois, elle avait réellement effrayé sa vieille nourrice en lui criant brusquement dans l'oreille : « Supposons que je suis une hyène affamée et que vous êtes un os ! »

Mais ceci nous éloigne du discours qu'Alice faisait à son minet. « Supposons que vous êtes la Reine Rouge. Kitty ! Voyez-vous, j'ai l'impression qu'une fois assis et les bras croisés vous lui ressembleriez tout à fait. Allons, essayez, mon amour ! » Et Alice prit la Reine Rouge sur la table et la posa devant le minet comme un modèle à imiter. Néanmoins, ce fut sans succès, surtout, dit Alice, parce que le minet ne voulut pas croiser ses pattes. Aussi, pour le punir, elle le tint devant le miroir pour qu'il vît bien son air maussade. « Et si vous n'êtes pas gentil dès maintenant, ajouta-t-elle, je vous jetterai de l'autre côté, dans la Maison du Miroir, que penseriez-vous de *ça* ?

« Maintenant, Kitty, si vous vouliez attendre un peu et ne pas tant parler, je vous dirais toutes mes idées sur la Maison du Miroir. D'abord, il y a la pièce que vous pouvez voir à travers la glace, elle est comme notre salon, exactement ; seulement les objets sont tournés de l'autre côté. Je peux la voir tout entière quand je monte sur une chaise, sauf pour ce qui est du petit coin derrière la cheminée. Oh, comme je voudrais voir ce petit coin-là ! J'aimerais tant savoir s'ils font du feu en hiver, c'est difficile à savoir, voyez-vous, sauf s'il y a de la fumée, et alors la fumée gagne cette pièce aussi, — mais ce n'est peut-être qu'une apparence, pour faire croire qu'ils ont du feu. Leurs livres ont bien quelque chose des nôtres, mais les mots sont en sens inverse. Je sais *ça,* parce que j'ai tenu un de mes livres devant la glace et ils en tenaient un de l'autre côté.

« Vous plairiez-vous dans la Maison du Miroir, Kitty ? Je me demande si on vous donnerait du lait ? Peut-être que le lait de la Maison du Miroir n'est pas bon à boire — mais, oh, Kitty, nous voilà arrivés au vestibule. — Vous pouvez juste voir un petit bout du couloir de la Maison du Miroir si vous laissez grande ouverte la porte de notre salon, et cela ressemble beaucoup à notre couloir, aussi loin que vous pouvez voir, mais il se peut qu'ensuite ce soit différent. Oh, Kitty, comme ce serait amusant si nous pouvions pénétrer dans la Maison du Miroir ! Je suis sûre qu'il s'y trouve de si belles choses ! Supposons que la glace est devenue molle comme de la gaze, de façon que nous puissions passer au travers. Eh bien, mais n'est-ce pas exactement ce qui arrive ? Il va être facile de passer au travers. » Elle était debout sur le manteau de la cheminée et c'est à peine si elle se rendait compte comment elle avait pu grimper là. Sans aucun doute, la glace commençait à fondre, semblable à un luisant brouillard argenté.

L'instant d'après, Alice était de l'autre côté de la glace et sautait d'un pied léger dans la chambre du Miroir. La première chose qu'elle fit fut de vérifier s'il y avait un feu dans la cheminée, et elle fut heureuse de constater qu'il y en avait un, aussi brillant

118

que celui qu'elle venait de quitter. « Donc, j'aurai aussi chaud ici que dans l'ancienne chambre, pensa Alice, plus chaud même, car il n'y aura personne pour me dire de m'éloigner du feu. Oh ! que ce sera drôle quand ils me verront ici à travers la glace et qu'ils ne pourront pas m'attraper. »

Elle se mit à examiner les lieux et remarqua que tout ce qui pouvait être vu de l'ancienne chambre était très ordinaire et sans intérêt mais que tout le reste était aussi différent que possible. Par exemple, les tableaux sur le mur, à côté de la cheminée, semblaient vivants et la pendule sur la cheminée (vous savez que dans la glace on ne peut en voir que le dos) avait la figure d'un vieux petit bonhomme et lui souriait.

« Ils n'entretiennent pas cette chambre aussi bien que l'autre », pensa Alice, en remarquant plusieurs pièces d'échecs, dans le foyer, parmi les cendres. Mais l'instant d'après, avec un petit « Oh ! » de surprise, elle était à genoux et les observait. Les pièces du jeu d'échecs se promenaient deux par deux !

« Voici le Roi Rouge et la Reine Rouge, dit Alice (dans un murmure, de peur de les effrayer) et voici le Roi Blanc et la Reine Blanche assis sur le bord de la pelle et les deux Tours qui se promènent bras dessus bras dessous... Je ne pense pas qu'ils

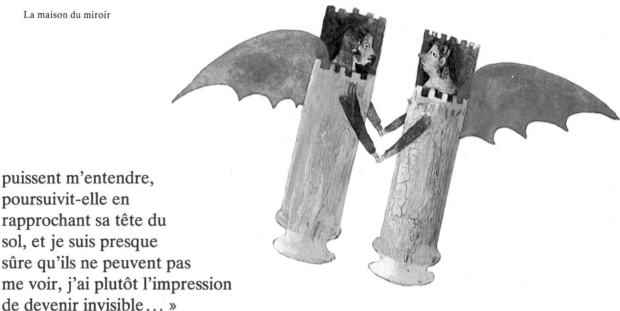

puissent m'entendre, poursuivit-elle en rapprochant sa tête du sol, et je suis presque sûre qu'ils ne peuvent pas me voir, j'ai plutôt l'impression de devenir invisible… »

Ici, quelque chose se mit à pousser des cris perçants sur la table, derrière Alice, et lui fit tourner la tête juste à temps pour voir un des Pions Blancs dégringoler et commencer à lancer des coups de pied ; Alice se pencha un peu plus pour voir ce qui allait arriver.

« C'est la voix de mon enfant ! » s'écria la Reine Blanche en bousculant le Roi avec tant de violence qu'elle le précipita parmi les cendres. « Ma précieuse Lily, mon impérial petit chat ! » Et elle se mit à escalader sauvagement le garde-feu.

« Impériale toquée ! » dit le Roi, en frottant son nez blessé dans la chute. Il avait le droit d'être un peu fâché contre la Reine, car il était couvert de cendres, de la tête aux pieds.

Alice aurait voulu se rendre utile, et comme la pauvre Lily hurlait à fendre l'âme, elle se hâta d'attraper la Reine et de la poser sur la table à côté de sa bruyante petite fille.

La Reine s'assit, bouche bée. Ce rapide voyage dans les airs lui avait coupé la respiration et pendant une ou deux minutes, elle ne put rien faire qu'étreindre en silence sa petite Lily. Dès qu'elle eut un peu repris haleine, elle cria au Roi Blanc qui était assis tristement parmi les cendres : « Attention au volcan !

– Quel volcan ? demanda le Roi en regardant le feu avec anxiété comme si c'était là le lieu qui convînt à un volcan.

– Il m'a… lancée… ici, haleta la Reine qui était encore un peu essoufflée. Faites attention… de monter… par le chemin habituel… ne soyez pas projeté comme moi. »

Alice observa le Roi Blanc qui montait lentement de barreau en barreau et finalement, elle dit : « A cette allure, il vous faudra des heures et des heures pour atteindre la table. Il vaudrait mieux que je vous aide, n'est-ce pas ? » Mais le Roi ne prêta aucune attention à cette remarque. Il était clair qu'il ne pouvait ni l'entendre, ni la voir.

Aussi Alice le saisit-elle avec délicatesse et elle le souleva plus doucement qu'elle ne l'avait fait pour la Reine afin de ne pas lui couper la respiration. Mais avant de le poser sur la table, elle pensa qu'elle pouvait aussi bien l'épousseter, car il était couvert de cendres.

Elle a dit depuis n'avoir jamais vu de sa vie une tête comme celle que fit le Roi quand il se sentit porté en l'air par une main invisible, et épousseté. Il était beaucoup trop abasourdi pour crier, mais ses yeux et sa bouche s'agrandirent si bien et devinrent si ronds qu'Alice fut tout entière secouée par le rire et que sa main faillit le laisser tomber sur le sol.

« Oh ! *de grâce,* ne faites pas de telles grimaces, mon cher ! s'écria-t-elle, oubliant que le Roi ne pouvait l'entendre. Vous me faites tellement rire que je peux à peine vous tenir ! Et n'ouvrez pas si grande la bouche ! Toutes les cendres vont aller dedans... Voilà, je crois que maintenant vous êtes plus propre ! », ajouta-t-elle, en lui essuyant les cheveux et en l'installant sur la table à côté de la Reine.

Le Roi tomba immédiatement sur le dos et demeura parfaitement immobile. Alice, un peu inquiète, fit le tour de la pièce dans l'espoir de trouver un peu d'eau pour le ranimer. Mais elle ne put rien trouver qu'une bouteille d'encre et quand elle revint avec, il était sorti de son évanouissement et s'entretenait avec la Reine, d'un ton si effrayé et si bas qu'Alice put à peine distinguer ce qu'ils disaient.

Le Roi était en train de dire : « Je vous assure, ma chère, j'en ai eu froid jusqu'au bout de mes favoris ! »

A quoi la Reine répondit : « Vous n'en avez pas, de favoris ! »

— L'horreur de ce moment, continua le Roi, jamais, *jamais* je ne l'oublierai.

— Vous l'oublierez pourtant, dit la Reine, si vous n'en prenez pas note. »

122

Alice, très intriguée, vit le Roi sortir de sa poche un énorme carnet de notes et commencer à écrire. Une idée lui vint tout à coup, elle saisit le bout du crayon qui dépassait l'épaule du Roi et se mit à écrire pour lui.

Le pauvre Roi, ahuri et malheureux, lutta quelque temps avec son crayon sans rien dire. Mais Alice était trop forte pour lui et finalement, il gémit : « Ma chère ! Il me *faudrait* vraiment un crayon plus petit. Je ne peux pas manier celui-ci : il écrit toutes sortes de choses que je n'ai pas l'intention de…

— Quelles sortes de choses ? dit la Reine, lisant le carnet sur lequel Alice avait écrit : *Le Cavalier Blanc glisse sur la pelle à feu, son équilibre est très instable.* Mais ce n'est pas là un mémorandum de *vos* impressions ? »

Il y avait un livre sur la table, près d'Alice, et tandis qu'assise elle surveillait le Roi Blanc (car elle était encore un peu inquiète à son sujet, et tenait l'encre prête pour l'en asperger au cas où il s'évanouirait), elle tourna les feuillets pour essayer de lire.

« C'est écrit en une langue que je ne connais pas », se dit-elle. C'était comme ceci :

Il était ardille et les glisseux torves
Gyraient et gamblaient sur la plade
Tout dodegoutants étaient les borororves
Les chonverts grougroussaient la nomade.

Pendant quelque temps, elle chercha vainement ce que cela pouvait vouloir dire, mais à la fin elle eut une illumination :

« Voyons, c'est évidemment un livre de la Maison du Miroir ! Si je le mets devant la glace, les mots seront à nouveau dans le bon sens. »

LE BERDOUILLEUX

Il était ardille et les glisseux torves
Gyraient et gamblaient sur la plade
Tout dodegoutants étaient les borororves
Les chonverts grougroussaient la nomade.

Attention au Berdouilleux, mon fils !
Ses crocs sont aigus et ses griffes pointues

123

Attention à l'oiseau Jubjub, éfisse
Le trop croacieux Barbentue.

Il saisit d'une main son épée vorpale
Et longtemps, longtemps, il chercha l'ennemi.
Puis sous l'arbre Tumtum, il s'allongea tout pâle
Pour mieux réfléchir, à l'abri il se mit.

Et tandis qu'ainsi, il gisait tout penseur,
Le Berdouilleux, des flammes dans les yeux,
Soufflichait à travers le buillage en pleurs
Et gabardouillait son chemin comme un preux.

Un, deux ! Un, deux ! Et vlan, et vlan !
L'épée vorpale lui traversa les flancs
De part en part. Il lui coupa la tête
Et partit en courant vers le lieu de la fête.

L'as-tu bien trucidé, cet affreux Berdouilleux !
Viens dans mes bras, mon fils très glorieux !
O quel jour rayonneux ! Aïe, aïe, aïeux !
Brâlait le vieux tant il était gayeux.

Il était ardille et les glisseux torves
Gyraient et gamblaient sur la plade
Tout dodegoutants étaient les borororves
Les chonverts grougroussaient la nomade…

« Cela m'a l'air très joli, dit-elle quand elle eut fini, mais c'est *plutôt* difficile à comprendre ! (Elle ne voulait pas s'avouer qu'elle n'y comprenait rien du tout) ; j'ai l'impression que cela me remplit la tête d'idées… seulement je ne sais pas trop lesquelles !… En tout cas *quelqu'un* a tué *quelque chose,* ça c'est clair…

« Oh, mais ! pensa Alice en sursautant soudain, si je ne me dépêche pas, il va falloir que je retraverse le Miroir avant d'avoir tout vu ! Allons d'abord au jardin ! » Elle sortit aussitôt et descendit l'escalier en courant, ou du moins, si ce n'était pas

124

exactement en courant, c'était une façon nouvelle de descendre vite et facilement l'escalier, pensa Alice. Elle se contenta de poser le bout des doigts sur la rampe, et glissa doucement en bas sans même toucher les marches avec ses pieds. Ensuite, elle flotta à travers le vestibule et elle aurait dépassé la porte de la même façon si elle n'en avait agrippé le montant. Elle commençait à être un peu étourdie à force de flotter ainsi et fut plutôt heureuse de constater qu'elle marchait à nouveau comme tout le monde.

CHAPITRE DEUX

Le jardin des fleurs vivantes

« JE verrais beaucoup mieux le jardin, se dit Alice, si je pouvais atteindre le sommet de cette colline ; et voici un sentier qui y conduit tout droit − ou plutôt, non, pas tout droit − (après quelques pas dans le sentier et plusieurs tournants brusques), mais je suppose que finalement on y arrive. Comme il serpente bizarrement ! C'est plus un tire-bouchon qu'un sentier ! Voyons, ce tournant-ci mène à la colline, je suppose − non, il n'y va pas ! Il ramène tout droit à la maison ! Bon, alors, je vais essayer l'autre côté. »

C'est ce qu'elle fit. Montant et descendant, essayant tous les tournants mais toujours pour revenir, en dépit de ses efforts, à la maison. Une fois même, comme elle prenait un tournant trop vite, elle s'y heurta avant d'avoir pu s'arrêter.

« Inutile d'insister, dit Alice en regardant la maison comme si cette dernière avait parlé, je ne rentre *pas* encore. Je sais qu'il me faudrait retraverser le miroir − pour me retrouver dans la vieille chambre − et ce serait la fin de toutes mes aventures ! »

Aussi, tournant résolument le dos à la maison, s'engagea-t-elle une fois de plus dans le sentier, bien décidée à marcher droit jusqu'à la colline. Pendant quelques minutes tout alla bien, et elle disait justement : « Cette fois, je vais réussir… » quand le sentier se tordit et se secoua (c'est ce qu'elle expliqua par la suite), et l'instant d'après, elle se retrouva devant la porte.

« Oh ! c'est trop fort ! s'écria-t-elle, je n'ai jamais vu maison si têtue ! Jamais ! »

Cependant, la colline était toujours là, et il n'y avait rien d'autre à faire que repartir. Cette fois, elle arriva à un grand parterre avec une bordure de pâquerettes et un buisson au milieu.

« Oh ! Lis Tigré, dit Alice, s'adressant à l'un d'eux qui se balançait gracieusement au vent, je *voudrais* que vous puissiez parler !

− Nous *pouvons* parler, dit le Lis Tigré, à qui vaut la peine qu'on lui adresse la parole. »

126

Alice fut si étonnée qu'elle resta muette pendant une minute, le souffle coupé. Enfin, comme le Lis Tigré continuait à se balancer en silence, elle dit, d'une voix timide, presque dans un murmure : « Est-ce que *toutes* les fleurs peuvent parler ?

— Aussi bien que *vous,* dit le Lis Tigré ; et passablement plus fort.

— Il n'est pas convenable pour vous de commencer, vous savez, dit la Rose, et j'ai été un peu surprise quand vous avez parlé. Je me suis dit : Elle a *pourtant* une figure sensée, sinon intelligente ! Vous êtes bien de la couleur qu'il faut.

— Peu importe la couleur, remarqua le Lis Tigré, si seulement ses pétales bouclaient un peu plus, elle serait très bien. »

Alice n'aimait pas qu'on la critique, aussi commença-t-elle à poser des questions : « Est-ce que cela ne vous effraie pas un peu d'être plantées là, où il n'y a personne pour prendre soin de vous ?

— Il y a le buisson au milieu, observa la Rose, à quoi servirait-il autrement ?

— Mais que pourrait-il faire en cas de danger ?

— Il pourrait aboyer, dit la Rose.

— Il fait «Hou-hou ! » cria une Pâquerette, c'est pour ça qu'on l'appelle *houx.*

— Saviez-vous *cela ?* s'écria une autre Pâquerette.

Et alors, elles crièrent toutes ensemble, si bien que l'air semblait rempli de petites voix perçantes.

— Silence, vous toutes ! cria le Lis Tigré, en se balançant furieusement de côté et d'autre, tout tremblant de colère. Elles savent bien que je ne peux les attraper ! gémit-il, courbant vers Alice sa tête frémissante, sinon elles n'oseraient pas faire ça !

— Peu importe ! dit Alice d'une voix conciliante, et, se baissant vers les pâquerettes qui allaient recommencer, elle murmura :

— Si vous ne vous taisez pas, je vais vous cueillir ! »

Le silence se fit aussitôt et plusieurs des pâquerettes roses devinrent blanches.

« Voilà qui est bien ! dit le Lis Tigré, les pâquerettes sont les pires de toutes. Quand quelqu'un parle, elles commencent toutes ensemble et il y a de quoi se faner rien qu'à les entendre.

« — Comment se fait-il que vous puissiez parler toutes si gentiment ? dit Alice dans l'espoir de l'apaiser par un compliment. Je suis allée dans beaucoup de jardins, mais les fleurs ne savaient pas parler.

— Mettez votre main par terre et tâtez le sol, dit le Lis Tigré, alors vous comprendrez.

— C'est très dur, fit Alice, mais je ne vois pas le rapport...

— Dans la plupart des jardins, dit le Lis Tigré, la terre est trop molle, en sorte que les fleurs dorment toujours. »

Cette raison semblait bonne et Alice fut heureuse de la connaître.

« Je n'y avais encore jamais pensé ! dit-elle.

— A *mon* avis, vous ne pensez jamais à *rien,* dit la Rose, d'un ton plutôt sévère.

— Je n'ai jamais vu quelqu'un d'aussi apparemment stupide, dit une Violette si brusquement qu'Alice en sursauta, car celle-là parlait pour la première fois.

— Taisez-*vous !* cria le Lis Tigré, comme si *vous* voyiez jamais quelqu'un ! Votre tête est toujours fourrée sous les feuilles et vous ronflez tant que vous ne savez pas plus ce qui se passe dans le monde que si vous étiez un bouton !

— Est-ce qu'il y a d'autres personnes dans le jardin, en dehors de moi ? dit Alice, préférant ignorer la dernière remarque de la Rose.

— Il y a une autre fleur qui peut se déplacer comme vous, dit la Rose, j'en suis surprise (« Vous êtes toujours surprise », fit le Lis Tigré), mais elle est plus touffue que vous.

— Est-elle comme moi ? demanda vivement Alice, car une pensée lui avait traversé l'esprit : « Il y a une autre petite fille dans le jardin, quelque part ! »

— Elle est aussi bizarrement faite que vous, dit la Rose, mais elle est plus rouge, et ses pétales sont plus courts, je crois.

— Ils remontent comme ceux d'un dahlia, dit le Lis Tigré, ils ne retombent pas en désordre comme les vôtres.

— Mais ce n'est pas *votre* faute, ajouta la Rose aimablement. Vous commencez à vous faner, vous savez... et alors, fatalement, les pétales ternissent. »

Cette idée ne fut pas du tout du goût d'Alice. Aussi, pour changer de sujet, elle demanda :

128

« Vient-elle quelquefois par ici ?

— J'ose dire que vous la verrez bientôt, dit la Rose, elle est de l'espèce qui a neuf piquants, vous savez.

— Où les porte-t-elle ? demanda Alice non sans curiosité.

— Eh bien, tout autour de la tête, naturellement, répondit la Rose, je suis surprise que *vous* n'en ayez pas aussi. Je pensais que c'était de règle.

— La voici ! s'écria le Pied-d'Alouette, j'entends ses pas, plaf, plaf, sur l'allée sablée ! »

Alice regarda aussitôt à l'entour et reconnut la Reine Rouge.

« Elle a joliment grandi ! » fut sa première réflexion.

C'était vrai. Quand Alice l'avait trouvée dans les cendres, elle ne mesurait que trois pouces, et maintenant, elle était d'une demi-tête plus grande qu'Alice !

« C'est l'effet du grand air, dit la Rose. C'est surprenant ce que l'air est bon ici.

— Je pense que je vais aller au-devant d'elle », dit Alice.

Car, bien que les fleurs fussent intéressantes, elle avait le sentiment que ce serait autrement passionnant d'avoir une conversation avec une vraie Reine.

« Vous ne pouvez pas faire ça, dit la Rose, je vous conseille d'aller dans l'autre sens. »

Alice estima qu'elle n'avait pas à tenir compte de cette absurdité et ne dit rien ; elle s'avança aussitôt vers la Reine Rouge. A son étonnement, elle la perdit de vue en un moment et se retrouva à nouveau devant la porte.

Un peu irritée, elle rebroussa chemin et, après avoir cherché la Reine partout (qu'elle aperçut finalement dans le lointain), elle se décida à suivre le conseil de marcher dans la direction opposée.

Ce qui réussit parfaitement. Elle ne marchait pas depuis une minute qu'elle se trouva nez à nez avec la Reine Rouge et en face de la colline qu'elle avait tant désiré atteindre.

« D'où venez-vous ? dit la Reine Rouge. Et où allez-vous ? Regardez-moi, parlez poliment, et ne tortillez pas vos doigts tout le temps. »

Alice obéit à toutes ces injonctions et elle expliqua, du mieux qu'elle put, qu'elle avait perdu son chemin.

« Je ne sais pas ce que vous voulez dire par *votre* chemin, dit la Reine, tous les chemins ici sont *à moi,* mais pourquoi êtes-vous venue ici ? ajouta-t-elle plus doucement. Faites la révérence pendant que vous cherchez ce que vous allez dire, cela fait gagner du temps. »

Alice s'étonna un peu de ces propos, mais elle avait trop peur de la Reine pour ne pas la croire.

« J'essaierai à la maison, se promit-elle, la prochaine fois que je serai un peu en retard au dîner. »

— Il est temps de répondre maintenant, dit la Reine en regardant sa montre, ouvrez la bouche un peu plus grande quand vous parlez, et dites toujours Votre Majesté.

— Je voulais seulement voir comment était le jardin, Votre Majesté...

— C'est bien ! dit la Reine en lui tapotant le dessus de la tête, ce qu'Alice n'aima pas du tout, quoique, lorsque vous dites « jardin »... J'ai vu des jardins en comparaison desquels celui-ci ne serait qu'un désert. »

Alice n'osa pas discuter ce point et poursuivit : « et je voulais essayer de trouver mon chemin pour aller au sommet de cette colline...

— Quand vous dites « colline », interrompit la Reine, je pourrais vous montrer des collines en comparaison desquelles vous appelleriez celle-ci une vallée.

— Non, dit Alice, surprise de la contredire enfin, une colline *ne peut* être une vallée. Ce serait un non-sens... »

La Reine secoua la tête. « Ce serait un non-sens si vous voulez, dit-elle, mais j'ai entendu des non-sens en comparaison desquels celui-ci serait aussi plein de sens qu'un dictionnaire. »

Alice fit une nouvelle révérence, car elle craignait que la Reine ne fût offensée. Et elles marchèrent en silence jusqu'au sommet de la petite colline.

Pendant quelques minutes, Alice resta sans parler, regardant le pays dans toutes les directions, — et c'était un pays extrêmement curieux. Il y avait beaucoup de petits ruisseaux qui couraient tout droit d'un bord à l'autre du paysage et le sol entre eux était divisé en carrés par de petites haies vertes qui s'étendaient d'un ruisseau à l'autre.

« Vraiment, il est exactement divisé comme un échiquier ! dit finalement Alice. Il devrait y avoir des hommes quelque part… et les voilà ! », ajouta-t-elle avec ravissement. Et son cœur, de joie, se mit à battre rapidement lorsqu'elle poursuivit : « C'est une grande, une énorme partie d'échecs qui se joue… sur le monde entier… si cela *est* le monde entier. Oh ! que c'est amusant ! Comme je *voudrais* être l'un d'eux ! Cela me serait égal d'être un pion, si seulement je pouvais y participer… bien que, naturellement, *j'aimerais* surtout être une Reine. »

Elle jeta un coup d'œil plutôt craintif vers la vraie Reine mais sa compagne se contenta de sourire et dit : « C'est facile. Vous n'avez qu'à être le Pion de la Reine Blanche, car Lily est trop jeune pour jouer… et vous serez dans le carré deux, pour commencer. Quand vous arrivez au carré huit, vous serez Reine. » Juste à ce moment, pour une raison ou pour une autre, elles se mirent à courir.

Alice ne put jamais s'expliquer clairement, même en y pensant beaucoup par la suite, comment leur course avait commencé. Tout ce dont elle se souvint, c'est qu'elles couraient la main dans la main et que la Reine allait si vite qu'elle pouvait à peine la suivre, et cependant la Reine n'arrêtait pas de crier : « Plus vite ! plus vite ! », mais Alice sentait qu'elle *ne pouvait pas* aller plus vite, bien qu'elle n'eût pour ainsi dire plus de souffle.

Le plus curieux de l'aventure est que ni les arbres, ni quoi que ce fût autour d'elles ne bougeait. Aussi vite qu'elles aillent, il semblait toujours qu'elles ne dépassaient jamais rien. « Je me demande si toutes les choses se déplacent en même temps que nous », pensa la pauvre Alice, tout à fait perplexe. Et la Reine sembla deviner sa pensée, car elle cria : « Plus vite ! N'essayez pas de parler ! »

Non pas qu'Alice en eût le moins du monde l'intention. Elle avait l'impression qu'elle ne pourrait jamais plus parler tant elle était à bout de souffle. Et cependant la Reine criait : « Plus vite ! plus vite ! » et l'entraînait. « Sommes-nous bientôt au but ? » haleta finalement Alice.

« Bientôt au but ! répéta la Reine. Nous l'avons dépassé il y a dix minutes. Plus vite ! » Et elles continuèrent à courir en silence tandis que le vent sifflait aux oreilles d'Alice, et, songea-t-elle, lui arrachait presque les cheveux de la tête.

132

« Allons ! Allons ! criait la Reine. Plus vite ! Plus vite ! » Et elles allèrent si vite qu'à la fin elles semblaient glisser dans l'air, effleurant à peine le sol de leurs pieds jusqu'au moment où, soudain, alors qu'Alice se sentait complètement épuisée, elles s'arrêtèrent, et elle se trouva assise par terre, haletante et étourdie.

La Reine l'accota debout contre un arbre, et lui dit gentiment : « Vous pouvez vous reposer un peu maintenant. »

Alice regarda autour d'elle avec étonnement. « Mais il me semble que nous avons été tout le temps sous cet arbre ! Toutes les choses sont exactement comme elles étaient !

– Évidemment ! dit la Reine. Comment voudriez-vous qu'elles soient ?

– Voyez-vous, dans *notre* pays, dit Alice, encore un peu hors d'haleine, nous serions plutôt ailleurs… après avoir couru si vite, pendant si longtemps, comme nous l'avons fait.

– C'est un pays bien lent ! dit la Reine. *Ici,* voyez-vous, il faut courir de toutes ses forces pour rester à la même place. Si vous voulez arriver à un autre endroit, il faut courir au moins deux fois plus vite que nous ne l'avons fait.

– J'aimerais mieux ne pas essayer, fit Alice, je suis très contente de rester ici… seulement j'ai si chaud, et tellement soif !

– Je sais ce qu'il vous faut, dit la Reine avec bonté, en tirant une petite boîte de sa poche. Prenez un biscuit. »

Alice pensa qu'il serait impoli de refuser ; pourtant ce n'était pas ce qu'elle désirait. Elle le prit et se résigna à le manger. Il était *très* sec. Et elle pensa qu'elle n'avait jamais été de sa vie aussi près d'étouffer.

« Pendant que vous vous rafraîchissez, dit la Reine, je vais prendre les mesures. »

Elle sortit un mètre-ruban de sa poche et se mit à mesurer le terrain en plantant çà et là des petits piquets.

« Au bout de deux mètres, dit-elle en enfonçant un piquet pour marquer la distance, je vous donnerai des instructions… Prenez un autre biscuit.

– Non, merci, dit Alice ; un, c'est *assez !*

– Vous n'avez plus soif, j'espère ? », dit la Reine.

133

Alice ne sut que répondre. Mais heureusement la Reine n'attendit pas sa réponse. Elle poursuivit : « Au bout de trois mètres, je vous les répéterai, de crainte que vous n'oubliez. Au bout de quatre mètres, je vous dirai adieu. Et au bout de cinq, je m'en irai ! »

Cependant, elle avait posé tous les piquets, et Alice l'observa avec beaucoup d'attention quand elle revint à l'arbre et commença lentement à suivre le chemin tracé.

Au piquet indiquant deux mètres, elle fit demi-tour et dit : « Un Pion pour deux carrés lorsqu'il bouge pour la première fois, vous le savez. Ainsi, vous traverserez *très* vite le carré trois — par chemin de fer, je pense — et en un rien de temps, vous serez dans le carré quatre. Ce carré appartient à Tweedledum et Tweedledee — Ce carré cinq n'est guère que de l'eau — Ce six appartient à Humpty Dumpty — Mais vous ne dites rien ?

— Je ne savais pas que je devais dire quelque chose, bégaya Alice.

— Vous *auriez dû* dire, continua la Reine sur un ton de grave reproche, que c'est extrêmement aimable à moi de vous dire tout cela — Nous supposerons que c'est dit — le carré sept n'est qu'une forêt — mais l'un des Cavaliers vous montrera la route — et au carré huit, nous serons Reines toutes les deux et ce ne sera que joies et festins ! » Alice se leva, fit une révérence et s'assit de nouveau. Arrivée au piquet suivant, la Reine se retourna et dit :

« Parlez français quand vous ne trouvez pas le mot anglais. Écartez vos orteils quand vous marchez… et rappelez-vous qui vous êtes ! »

Elle n'attendit pas la révérence d'Alice, cette fois, mais elle marcha rapidement vers le piquet suivant, elle se retourna alors pour dire « Adieu ! », et ensuite elle se précipita sur le dernier piquet.

Comment cela se passa, Alice ne le sut jamais, mais au moment même où elle arrivait au dernier piquet, la Reine disparut. S'était-elle évanouie dans l'air ? ou s'était-elle enfuie dans le bois ? (« c'est qu'elle *peut* courir très vite ! » pensa Alice). Il n'y avait aucun moyen de le savoir. Alice commença à se rappeler qu'elle était un Pion et qu'il serait bientôt temps pour elle de bouger.

CHAPITRE TROIS

Les insectes du miroir

NATURELLEMENT, la première chose à faire était d'embrasser du regard le pays qu'on allait parcourir. « C'est comme quand on apprend sa géographie », pensa Alice, dressée sur la pointe des pieds dans l'espoir de voir un peu plus loin. « Fleuves principaux : il n'y en a pas. Montagnes principales, je suis sur la seule, mais je ne pense pas qu'elle ait un nom. Villes principales — Allons donc, quelles sont ces créatures qui font du miel, en bas ? Ce ne peut être des abeilles — Personne n'a jamais distingué des abeilles à un kilomètre de distance — » Elle resta quelque temps silencieuse, à observer l'une d'elles qui s'affairait parmi les fleurs, enfonçant sa trompe dans leur cœur « tout à fait comme si c'était une abeille normale », pensa Alice.

Toutefois, ce n'était pas une abeille, en fait, c'était un éléphant, comme Alice le constata bientôt, ce qui eut pour conséquence, au premier abord, de lui couper la respiration. « Faut-il que les fleurs soient énormes », pensa-t-elle ensuite, quelque chose comme des maisons dont on aurait enlevé le toit et auxquelles on aurait mis une tige, et quelle quantité de miel ils doivent faire ! Je pense que je vais descendre et — non, *pas tout de suite.* Elle s'arrêta juste au moment où elle se mettait à courir et, s'efforçant de trouver une excuse à cette hésitation soudaine, elle pensa : « A quoi bon descendre sans une bonne branche bien solide pour les chasser… Et comme ce sera amusant quand on me demandera si je suis contente de ma promenade. Je dirai : Oh oui ! je suis assez contente… (là-dessus, elle eut son petit hochement de tête favori), seulement il y avait tant de poussière et il faisait si chaud, et les éléphants étaient si insupportables !

« Je crois que je vais descendre de l'autre côté, dit-elle après une pause, je verrai les éléphants plus tard. D'ailleurs, j'ai tellement *envie* d'aller au carré trois ! »

Sous ce prétexte, elle descendit la colline en courant et sauta par-dessus le premier des six petits ruisseaux.

135

« Billets, s'il vous plaît », dit le contrôleur, en passant la tête par la portière. Chacun tendit aussitôt son billet. Ceux-ci étaient à peu près de la taille des voyageurs et remplissaient presque le compartiment.

« Allons ! Votre billet, mademoiselle ! » dit le contrôleur en regardant Alice d'un œil furieux. De nombreuses voix s'élevèrent ensemble (« comme le chœur d'une chanson », pensa Alice) : « Ne le faites pas attendre, voyons ! Son temps vaut mille livres sterling la minute !

— Je regrette, je n'en ai pas, dit Alice d'une voix effrayée, il n'y avait pas de guichet à l'endroit d'où je viens. »

Le chœur des voix reprit : « Il n'y avait pas de guichet à l'endroit d'où elle vient. Le pouce de terrain y vaut mille livres sterling.

— Pas d'excuses, dit le contrôleur, vous n'aviez qu'à demander un billet au mécanicien. » Et le chœur des voix reprit encore :

« L'homme qui conduit la machine. Une seule bouffée de fumée vaut mille livres sterling. »

Alice pensa : « Inutile de parler. » Cette fois, les voix se turent, puisqu'elle n'avait pas parlé, mais à sa grande surprise, elles *pensèrent* en chœur (j'espère que vous comprenez ce que *penser en chœur* signifie — pour moi, j'avoue que je ne comprends pas). « Mieux vaut ne rien dire. Un mot vaut un millier de livres sterling. »

« Je vais sûrement rêver de mille livres sterling cette nuit », pensa Alice.

Pendant ce temps, le contrôleur l'avait regardée à travers un téléscope, puis à travers un microscope, puis à travers des jumelles de théâtre. Finalement, il dit : « Vous n'êtes pas dans la bonne direction. » Puis il ferma la portière et s'en alla.

« Une si jeune enfant, dit le monsieur assis en face d'elle (il était vêtu de papier blanc) devrait savoir le chemin du guichet, même si elle ne sait pas son propre nom ! »

Un Bouc qui était assis à côté du monsieur en blanc ferma les yeux et dit à voix haute : « Elle devrait savoir le chemin du guichet, même si elle ne sait pas son alphabet ! »

Il y avait un Scarabée assis à côté du Bouc (ces voyageurs étaient plutôt bizarres, dans l'ensemble) et comme il semblait de règle que chacun parlât à son tour, *il* poursuivit : « Il faudra la réexpédier comme bagage ! »

Alice ne pouvait pas voir qui était assis à côté du Scarabée, mais une voix enrouée dit : « Changez la machine. » Puis s'arrêta net.

« On dirait un rouet », pensa Alice. Et une toute petite voix dit à son oreille : « Vous pourriez faire un jeu de mots là-dessus, vous savez, quelque chose comme «rouet » et « enroué ».

Puis une voix très douce dit à distance : « Il faudrait l'étiqueter « Fille fragile », vous savez… ».

Et d'autres voix continuèrent (« Combien sont-ils donc dans ce compartiment ! » pensa Alice), disant : « Il faut l'envoyer par la poste, puisqu'elle a une tête. » « Il faut l'envoyer par message télégraphique. » « Il faut qu'elle tire le train pendant le reste du trajet. » Et ainsi de suite.

Mais le monsieur vêtu de papier blanc se pencha vers elle et murmura à son oreille : « Ne vous inquiétez pas de ce qu'ils disent, mon enfant, mais prenez un billet de retour à chaque arrêt du train.

— Sûrement pas ! dit Alice avec impatience. Je n'ai rien à faire dans ce train… J'étais dans une forêt… et je ne sais pas ce que je ferais pour y être encore.

— Vous pourriez faire un jeu de mots là-dessus, dit la petite voix à son oreille, quelque chose sur « ferais » et « forêt ».

— Ne vous moquez pas ainsi, dit Alice en regardant vainement autour d'elle pour voir d'où venait la voix. Si vous aimez tant les jeux de mots, pourquoi n'en faites-vous pas vous-même ?

La petite voix soupira profondément. Elle était très malheureuse, évidemment, et Alice aurait bien voulu la réconforter, « si seulement elle voulait soupirer comme tout le monde ! » pensa-t-elle. Mais c'était un si étrange petit soupir qu'elle ne l'aurait pas entendu s'il n'avait été poussé *tout à fait* contre son oreille. La conséquence de ceci fut que son oreille fut si fort chatouillée qu'elle ne pensa plus à la peine de la pauvre petite créature.

— Je sais que vous êtes une amie, continua la petite voix, une chère amie, une vieille amie, et vous ne voudriez pas me faire de mal bien que je sois un insecte.

— Quelle sorte d'insecte ? demanda Alice un peu inquiète. Ce qu'elle voulait savoir, c'est s'il piquait ou non, mais elle pensa que ce ne serait pas une question très polie.

— Alors vous ne… », commença la petite voix, quand elle fut interrompue par un terrible coup de sifflet de la locomotive qui fit sursauter tout le monde, y compris Alice.

Le cheval qui avait mis la tête à la portière la retira tranquillement et dit : « Ce n'est qu'un ruisseau que nous devons sauter. » Chacun parut satisfait de cette explication, bien qu'Alice se sentît un peu nerveuse à l'idée qu'un train pouvait sauter. « Enfin, il nous amènera tout de même au carré quatre, c'est une consolation ! » se dit-elle. L'instant d'après, elle eut la sensation que la voiture s'élevait dans les airs et, dans sa frayeur, elle s'agrippa à la première chose qui se trouva sous sa main et c'était la barbe du Bouc.

138

Mais la barbe sembla fondre au moment où elle la touchait, et elle se retrouva assise au pied d'un arbre, tandis que le Moucheron (car c'est avec un moucheron qu'elle avait parlé) se balançait sur une brindille au-dessus de sa tête et l'éventait de ses ailes.

C'était certainement un *très* gros moucheron « de la taille d'un poulet à peu près », pensa Alice. Pourtant, elle ne pouvait pas en avoir peur : ils avaient parlé si longtemps ensemble.

« Ainsi donc, vous n'aimez pas *tous* les insectes ? poursuivit le Moucheron, aussi tranquillement que s'il ne s'était rien passé.

— Je les aime quand ils peuvent parler, dit Alice. Ils ne parlaient jamais, là où j'étais..

— Quelles sortes d'insectes aviez-vous, là où *vous* étiez ? s'enquit le Moucheron.

— Je n'*avais* pas d'insectes, à vrai dire, expliqua Alice, parce qu'ils me font plutôt peur... du moins, les plus gros. Mais je peux vous dire le nom de quelques-uns.

— Naturellement, ils répondent à leur nom, remarqua distraitement le Moucheron.

— Je ne m'en suis jamais aperçue.

— Pourquoi ont-ils un nom, alors, dit le Moucheron, s'ils ne répondent pas quand on les appelle ?

— Ça ne leur sert à rien à *eux,* dit Alice, mais c'est utile pour les gens qui parlent d'eux, je suppose. Sinon, pourquoi les choses ont-elles des noms ?

— Je ne saurais le dire, répondit le Moucheron ; là-bas, dans le bois, ils n'ont pas de noms. Peu importe, allez-y avec votre liste d'insectes, vous perdrez votre temps.

— Eh bien ! il y a la mouche du cheval, commença Alice, en comptant sur ses doigts.

— Très bien, dit le Moucheron ; sur ce buisson, à mi-hauteur, vous verrez une mouche du cheval à bascule, si vous regardez bien. Elle est entièrement en bois et se déplace en se balançant de branche en branche.

— De quoi vit-elle ? demanda Alice, curieuse.

— De sève et de sciure de bois, dit le Moucheron. Continuez votre énumération. »

Alice regarda la mouche du cheval à bascule avec beaucoup

140

d'intérêt, elle pensa qu'elle venait d'être repeinte tant elle était brillante et vernie, et elle poursuivit : « Et il y a la mouche du Diable.

— Regardez sur la branche, au-dessus de votre tête, dit le Moucheron et vous verrez une drôle de mouche du Diable. Son corps est en pudding, ses ailes en feuilles de houx et sa tête est un grain de raisin dans de l'eau-de-vie enflammée.

— Et de quoi vit-elle ? demanda Alice, comme précédemment.

— De bouillie de farine de blé et de pâté, répondit le Moucheron, et elle fait son miel dans les jouets de Noël.

— Et ensuite, il y a le papillon-beurre, dit Alice, après avoir regardé longuement l'insecte dont la tête brûlait et avoir pensé en elle-même : « Je me demande si c'est pour cette raison que les insectes aiment tant voler autour des bougies... ils veulent devenir comme cette mouche du Diable ! »

— Rampant à vos pieds, dit le Moucheron (Alice, effrayée, retira ses pieds), vous pouvez voir le papillon-pain-beurre. Ses ailes sont de fines tartines de pain beurré, son corps est un croûton, et sa tête est un morceau de sucre.

— Et de quoi vit-il ?

— De thé léger, avec de la crème. »

Une nouvelle difficulté se présenta
à l'esprit d'Alice.

« Et s'il n'en trouvait pas ?
suggéra-t-elle.

— Alors, il mourrait,
évidemment.

— Mais cela doit arriver souvent, remarqua pensivement Alice.

— Cela arrive toujours », dit le Moucheron.

Là-dessus, Alice resta songeuse pendant une ou deux minutes. Le Moucheron s'amusa à bourdonner autour de sa tête. A la fin, il se posa et fit cette remarque :

« Je suppose que vous n'avez pas envie de perdre votre nom ?

— Sûrement pas, dit Alice, inquiète.

— Et pourtant, je ne sais pas, continua le Moucheron, d'un ton détaché, songez seulement comme ce serait commode de pouvoir rentrer à la maison sans lui ! Par exemple, si la gouvernante vous appelait pour vos leçons, elle dirait : « Venez ici… » et il faudrait qu'elle s'arrête là, car elle ne pourrait vous appeler par votre nom, et alors vous n'auriez pas besoin de lui obéir, voyez-vous.

— Cela ne prendrait pas, j'en suis sûre, dit Alice, la gouvernante ne me dispenserait pas pour cela de mes leçons. Si elle avait oublié mon nom, elle m'appellerait tout simplement « Mademoiselle », comme font les domestiques.

— Eh bien ! si elle disait « Mademoiselle » et rien de plus, remarqua le Moucheron, vous pourriez lui répondre que vous n'êtes pas *Sa* demoiselle et le tour serait joué. C'est un jeu de mots. J'aurais aimé que *vous* le fassiez.

— Pourquoi cela ? fit Alice, il est très mauvais. »

Mais le Moucheron soupira profondément et deux grosses larmes roulèrent sur ses joues.

« Vous ne devriez pas faire de jeu de mots, dit Alice, si cela vous rend malheureux. »

Alors, il y eut un autre petit soupir mélancolique et cette fois le pauvre Moucheron sembla vraiment s'être évanoui dans son soupir, car lorsque Alice leva la tête elle ne vit plus rien sur la branche. Et comme elle commençait à geler à force de rester immobile, elle se leva et se mit à marcher.

Elle arriva bientôt à un champ au bout duquel se trouvait un bois. Il semblait beaucoup plus sombre que le précédent et Alice n'avait pas très envie d'y entrer. A la réflexion, elle s'y décida pourtant. « Car il est certain que je ne reviendrai pas *en arrière* », pensa-t-elle, et parce qu'il n'y avait pas d'autre chemin pour aller au carré huit.

142

« Ce doit être le bois, dit-elle pensivement, où les choses n'ont pas de nom. Je me demande ce que va devenir *mon* nom quand j'y arriverai. Je n'aimerais pas le perdre... Il faudrait que l'on m'en donne un autre, et il serait presque certainement laid. Mais alors, ce qui serait amusant, ce serait de trouver la créature qui aurait pris mon ancien nom ! C'est tout à fait comme les annonces que font les gens quand ils ont perdu leur chien, vous savez : « *Répond au nom de Dick... porte un collier de cuivre...* » Imaginez un peu ce que ce serait d'appeler n'importe quoi « Alice » jusqu'à ce que l'on ait une réponse ! Mais personne ne répondrait, ce serait le plus sage. »

Elle alla ainsi divaguant jusqu'au moment où elle atteignit le bois : il semblait froid et plein d'ombre.

« Bon, en tout cas, c'est un soulagement, dit-elle en s'avan-çant sous les arbres, après avoir eu si chaud, d'être dans – dans le – dans *quoi ?* poursuivit-elle, plutôt surprise de ne pas pouvoir trouver le mot.

– Je veux dire d'être sous le – sous le – sous *ça*, vous savez bien. »

Et posant sa main sur le tronc d'un arbre :

« Comment est-ce que cela s'appelle, je me le demande ? Je suppose que ça n'a pas de nom. Evidemment, ça n'en a pas ! »

En silence, elle réfléchit pendant une minute. Puis, brusque-ment, elle reprit : « Alors, finalement, c'est vraiment arrivé ! Et maintenant qui suis-je ? Je *veux* m'en souvenir, si je peux ! Je suis bien décidée à le faire ! » Mais d'être si bien décidée ne l'aida pas beaucoup, et tout ce qu'elle trouva à dire après forte réflexion, fut : « L, je *sais* que ça commence par un L. »

A ce moment, un Faon vint à passer-par là. Il regardait Alice avec ses grands yeux doux mais ne semblait nullement effrayé. « Ici, ici, voyons ! » dit Alice, tendant la main pour l'attraper. Mais le Faon fit seulement un petit bond en arrière, puis s'immobilisa, la regardant à nouveau.

« Comment vous appelez-vous ? » dit le Faon. Quelle jolie petite voix il avait !

« Je voudrais bien le savoir ! » pensa la pauvre Alice. Elle répondit, plutôt tristement : « Je ne trouve pas pour l'instant.

« Cherchez encore », dit le Faon.

Alice chercha, mais en vain. « S'il vous plaît, dit-elle timidement, voudriez-vous me dire *votre nom*. Cela m'aiderait peut-être.

— Je vous le dirai si vous voulez bien venir un peu plus loin, dit le Faon, *ici* je ne peux pas me le rappeler. »

Ainsi, ils marchèrent ensemble à travers bois. Alice avait tendrement passé un bras autour du cou du Faon. Quand ils furent arrivés devant un autre champ, le Faon bondit et se libéra du bras d'Alice. « Je suis un Faon ! s'écria-t-il d'une voix ravie, mais vous, vous êtes un enfant ! »

Une lueur craintive traversa ses beaux yeux bruns, et l'instant d'après, il avait filé comme une flèche.

Alice le regarda fuir, prête à pleurer de chagrin d'avoir si brusquement perdu son cher petit compagnon. « En tout cas, je sais mon nom, dit-elle, c'est *déjà* une consolation. Alice — Alice — je ne l'oublierai plus. Maintenant, lequel de ces poteaux indicateurs faut-il que je suive, je me le demande ? »

Il n'était pas très difficile de répondre à cette question, car il n'y avait qu'une seule route à travers le bois et les deux poteaux l'indiquaient. « Je serai fixée, se dit Alice, quand la route bifurquera et qu'ils indiqueront deux directions différentes. »

Mais il ne semblait pas que cela dût se produire. Elle marcha, marcha longtemps, mais chaque fois que la route bifurquait, il y avait deux poteaux indicateurs pointés dans la même direction. Sur l'un était inscrit : « MAISON DE TWEEDLEDUM » et sur l'autre : « MAISON DE TWEEDLEDEE ».

« Je crois, dit finalement Alice, qu'ils habitent la *même* maison ! Comment n'ai-je pas pensé à cela plus tôt ? Mais je ne peux rester ici plus longtemps. Je vais tout simplement me présenter et dire « Comment allez-vous ? » et je leur demande-rai comment on sort de ce bois. Si seulement je pouvais arriver au carré huit avant qu'il fasse nuit ! »

Elle marchait ainsi au hasard, parlant toute seule, jusqu'au moment où, à un brusque tournant, elle rencontra deux gros petits bonshommes, et cela, si soudainement qu'elle ne put s'empêcher de reculer. Mais elle fut bientôt remise de sa surprise : à coup sûr, elle savait qu'ils étaient...

144

CHAPITRE QUATRE

Tweedledum et Tweedledee

ILS étaient debout sous un arbre, chacun un bras passé autour du cou de l'autre, et Alice sut aussitôt les distinguer parce que l'un avait « DUM » brodé sur son col, et l'autre « DEE ». « Je suppose que tous les deux ont « TWEEDLE » écrit sur l'arrière du col », se dit-elle.

Ils étaient si immobiles qu'elle en oublia qu'ils étaient vivants et elle allait justement faire le tour de leurs personnes pour voir si « TWEEDLE » était bien écrit sur l'arrière du col quand elle fut arrêtée par une voix venant de celui qui était marqué « DUM ».

« Si vous pensez que nous sommes en cire, dit-il, vous devez payer, vous savez. Les statues de cire n'ont pas été faites pour être regardées gratuitement. Oh, non !

— Au contraire, ajouta celui qui était marqué « DEE », si vous pensez que nous sommes vivants, vous devez parler. »

Alice ne trouva rien à dire que :

« Je suis vraiment désolée… »

Car les mots de la vieille chanson ne cessaient de lui trotter dans la tête et elle put à peine s'empêcher de les dire tout haut :

Tweedledum et Tweedledee
  Se mirent d'accord pour se battre
Car Tweedledum, disait Tweedledee,
  Avait abîmé sa jolie crécelle.

A ce moment précis un monstrueux corbeau
  Aussi noir qu'un baril de goudron
Effraya tant nos deux héros
  Qu'ils oublièrent leur querelle.

« Je sais à quoi vous penser, dit Tweedledum. Mais ce n'est pas vrai, oh, non !

— Au contraire, continua Tweedledee, si c'était, ça pourrait être, si ça devait être, ça aurait été, mais comme cela n'est pas, ce n'est pas. N'est-ce pas logique ?

— Je me demandais, dit poliment Alice, quelle était la meilleure façon de sortir de ce bois. Voilà que la nuit tombe. Pourriez-vous me renseigner, je vous prie ? »

Mais les deux gros petits hommes se regardèrent seulement l'un l'autre et ricanèrent.

Ils ressemblaient si parfaitement à deux grands écoliers qu'Alice ne put s'empêcher de désigner Tweedledum du doigt en disant : « Premier élève !

— Oh, non ! », s'écria brusquement Tweedledum. Et il ferma la bouche avec un claquement.

« Second élève ! » dit Alice, passant à Tweedledee, bien qu'elle sût d'avance qu'il s'écrierait : « Au contraire ! » Et c'est ce qu'il fit.

« Vous avez mal commencé ! s'écria Tweedledum, la première chose à dire, au cours d'une visite, c'est « Comment allez-vous ? » et alors, on se serre la main. » Et là-dessus les deux frères se serrèrent la main et chacun d'eux tendit à Alice la main qui restait libre.

Alice ne voulut pas serrer la main de l'un sans serrer en même temps celle de l'autre par crainte de froisser l'un ou l'autre. Aussi, pour en sortir, elle serra en même temps les deux mains tendues. Cela paraissait très naturel (pensa-t-elle après coup) et elle ne fut pas même surprise d'entendre une musique qui semblait venir de l'arbre sous lequel ils dansaient, et cette musique était produite (autant qu'elle put le comprendre) par les branches qui se frottaient l'une l'autre, comme l'archet les cordes du violon.

« Mais c'était vraiment drôle (dit Alice par la suite, en racontant toute cette histoire à sa sœur) de constater que je chantais : « Dansons la capucine. » Je ne sais à quel moment j'ai commencé, mais j'avais le sentiment d'avoir chanté pendant longtemps, longtemps ! »

Les deux autres danseurs étaient gros et furent vite hors d'haleine. « Quatre tours, c'est assez pour une ronde », haleta Tweedledum. Et ils arrêtèrent leur danse aussi brusquement qu'ils l'avaient commencée. La musique cessa au même instant.

146

Ensuite, ils lâchèrent les mains d'Alice et restèrent à la regarder pendant une minute. C'était une pause plutôt gênante, car Alice ne savait comment engager la conversation avec des gens qui venaient d'être ses compagnons de danse. « Je ne peux tout de même pas leur dire « Comment allez-vous ? » se dit-elle, nous n'en sommes plus là, *maintenant*. »

« J'espère que vous n'êtes pas trop fatigués, dit-elle finalement.

— Oh non ! Et merci *beaucoup* de l'avoir demandé, dit Tweedledum.

— *Très* obligé ! ajouta Tweedledee. Aimez-vous la poésie ?

— Oui – oui – c'est-à-dire *certaine* poésie, dit Alice, un peu hésitante. Pourriez-vous me dire par quel chemin on sort de ce bois ?

— Que vais-je donc lui réciter ? dit Tweedledum en regardant Tweedledee avec de grands yeux solennels et sans prêter attention à la question d'Alice.

— « *Le Morse et le Charpentier* » est la plus longue », répondit Tweedledum en donnant à son frère une affectueuse poignée de main.

Aussitôt Tweedledee commença :

Le soleil brillait sur la mer…

Alice risqua une phrase :
« Si c'est *très* long, dit-elle, aussi poliment qu'elle put voudriez-vous d'abord me dire par quel chemin… ».

Tweedledee sourit gentiment et reprit :

Le soleil brillait sur la mer ;
Il brillait de toutes ses forces :
Il faisait de son mieux pour faire en sorte
Que les vagues soient luisantes et douces.
Et cela était plutôt étrange parce que
On était au milieu de la nuit.

La lune était assez pâlotte
Parce qu'elle estimait que le soleil

148

N'avait aucune raison d'être là
Puisque le jour était fini —
« C'est bien insolent de sa part, disait-elle,
De venir ainsi me contrarier ! »

La mer était humide autant qu'il est possible,
Le sable était sec, aussi sec que possible,
On ne pouvait pas voir un nuage, parce que
Il n'y avait pas de nuage dans le ciel.
On ne voyait pas un oiseau voler
Parce qu'il n'y en avait pas dans le ciel.

Le Morse et le Charpentier
Marchaient l'un à côté de l'autre ;
Ils pleuraient autant qu'on peut imaginer
De voir de telles quantités de sable :
« Si seulement, disaient-ils, on pouvait l'enlever
Ce serait formidable, grandiose ! »

« Si sept jeunes filles avec sept balais
Le balayaient pendant six mois
Croyez-vous, disait le Morse,
Qu'elles arriveraient à tout balayer ? »
« J'en doute », dit le Charpentier,
Et il versa une larme.

« O Huîtres, venez vous promener avec nous !
Supplia le Morse.
Il serait plaisant de bavarder
En se promenant le long de la plage,
Quatre Huîtres, pas plus, pour que
Nous puissions donner la main à chacune. »

La plus vieille Huître le regarda,
Mais sans dire un seul mot,
La plus vieille Huître cligna de l'œil
Et secoua sa lourde tête, —
Signifiant par là qu'elle n'avait pas
L'intention de quitter son rocher.

Mais quatre jeunes Huîtres se hâtèrent
De répondre à l'invitation,
Elles brossèrent leur manteau, se lavèrent la figure,
Astiquèrent leurs chaussures,
Et c'était bizarre, parce que, vous savez,
Elles n'ont pas du tout de pieds.

Quatre autres Huîtres les suivirent
Et puis encore quatre ;
Et en rangs de plus en plus serrés,
Elles arrivaient encore et encore
Se frayant un chemin à travers les vagues
Ecumeuses et dévalant jusqu'au rivage.

Le Morse et le Charpentier
Parcoururent un mille environ
Et puis s'assirent sur un rocher
Convenablement bas
Et toutes les petites Huîtres s'arrêtèrent
Et attendirent bien sagement.

« *Le temps est venu, dit le Morse*
De parler de beaucoup de choses :
De chaussures − de bateaux − de cire à cacheter
De choux − et de rois −
Et de dire pourquoi la mer est bouillante −
Et si les cochons ont des ailes. »

« *Mais attendez un peu, s'écrièrent les Huîtres*
Avant que nous nous mettions à bavarder
Car certaines d'entre nous sont trop essoufflées
Et nous sommes toutes grasses ! »
« *Rien ne presse !* » *répondit le Charpentier,*
Ce pourquoi elles le remercièrent beaucoup.

« *Une miche de pain, dit le Morse*
C'est ce qu'il nous faut d'abord,
Du poivre et du vinaigre ensuite,
C'est très bon vous savez −

Maintenant, chères Huîtres, si vous êtes prêtes
Nous pouvons commencer à manger. »

« Mais pas nous ! s'écrièrent les Huîtres
En virant un peu au bleu,
Après tant de gentillesses, ce serait
Une chose honteuse que de nous manger ! »
« La nuit est belle, dit le Morse
Admirez-vous assez la vue ?

C'était gentil de venir avec nous !
Et vous êtes tout à fait charmantes ! »
Le Charpentier ne cessait de répéter :
« Coupez une autre tartine ;
J'aimerais bien ne pas être obligé
De dire cent fois la même chose ! »

« N'est-ce pas honteux, dit le Morse,
De leur jouer un si vilain tour,
Après les avoir entraînées si loin
Et fait trotter si vite ! »
Le Charpentier ne dit rien que :
« Il y a trop de beurre sur ces tartines ! »

« Je pleure sur vous », dit le Morse :
Je sympathise profondément. »
Avec des sanglots et des larmes, il choisissait
Les plus grosses
Serrant son mouchoir
Pour endiguer le flot.

« O Huîtres, dit le Charpentier,
Vous avez fait une bien jolie promenade !
On pourrait peut-être rentrer ensemble ? »
Mais il n'y eut aucune réponse —
Et on ne peut dire que ce soit étrange parce que
Ils les avaient mangées toutes.

152

« Je préfère le Morse, dit Alice, parce qu'il avait *un peu* de chagrin pour les pauvres huîtres.

— Pourtant, il en a mangé plus que le Charpentier, dit Tweedledee, vous avez vu, il tenait son mouchoir devant lui pour que le Charpentier ne puisse compter combien il en prenait.

— Que c'est laid ! s'écria Alice indignée. Alors je préfère le Charpentier... s'il en a mangé moins que le Morse.

— Mais il en a mangé le plus qu'il a pu », dit Tweedledum.

C'était bien embarrassant. Après un silence, Alice dit : « Alors, ils étaient aussi vilains l'un que l'autre ». Ici, elle s'arrêta, inquiète d'entendre, tout proche, dans le bois, un bruit qui lui fit penser au halètement d'une grosse locomotive. Mais il y avait plus de chance, malheureusement, pour que ce fût une bête sauvage. « Est-ce qu'il y a des lions, ou des tigres dans le voisinage ? fit-elle timidement.

— C'est seulement le Roi Rouge qui ronfle, dit Tweedledee.

— Venez le voir ! » s'écrièrent les deux frères. Et chacun d'eux prit une des mains d'Alice et ils la conduisirent à l'endroit où le Roi dormait.

« Est-ce qu'il n'offre pas un *joli* spectacle ? », dit Tweedledum.

Alice, honnêtement, ne pouvait répondre « oui ». Il était coiffé d'un grand bonnet de nuit rouge orné d'un gland et, tassé comme une sorte de paquet malpropre, il ronflait bruyamment : « à s'en faire sauter la tête », remarqua Tweedledum.

« Il va attraper un rhume à rester comme ça, dans l'herbe humide, dit Alice, qui était une petite fille très raisonnable.

— Il rêve, en ce moment, dit Tweedledee, et à quoi pensez-vous qu'il rêve ?

— Personne ne peut savoir ça, dit Alice.

— Et bien ! il rêve à *vous !* s'exclama Tweedledee, battant triomphalement des mains. Et s'il cessait de rêver à vous, où croyez-vous que vous seriez ?

— Là où je suis en ce moment, bien sûr, dit Alice.

— Non ! répliqua Tweedledee avec dédain. Vous ne seriez nulle part, car vous n'êtes rien qu'une espèce de chose dans son rêve.

— Si ce Roi s'éveillait, ajouta Tweedledum, vous vous éteindriez – puff ! – comme une chandelle !

— Jamais ! s'écria Alice avec indignation. D'ailleurs, si *je* ne suis qu'une espèce de chose dans son rêve, *vous,* qu'est-ce que vous êtes, j'aimerais le savoir ?

— *Idem,* dit Tweedledum.

— *Idem, idem* » dit Tweedledee.

Il hurlait si fort qu'Alice ne put s'empêcher de lui dire :

« Chut ! vous allez le réveiller, si vous faites tant de bruit.

— Mais, dit Tweedledum, cela ne sert à rien que vous parliez de le réveiller, puisque vous n'êtes rien qu'une chose de son rêve. Vous savez très bien que vous n'êtes pas réelle.

— Je *suis* réelle ! » protesta Alice. Et elle se mit à pleurer.

— Vous ne serez pas plus réelle parce que vous pleurerez, remarqua Tweedledee, il n'y a pas de raison de pleurer.

— Si je n'étais pas réelle, dit Alice, riant à moitié à travers ses larmes (tout cela semblait si ridicule), je ne pourrais pas pleurer.

— Vous ne supposez tout de même pas que ce sont de *vraies* larmes ? » interrompit Tweedledum d'un ton méprisant.

« Je sais qu'ils disent des absurdités, pensa Alice, et je suis bien sotte d'en pleurer. » Elle essuya donc ses larmes et continua, aussi cordialement qu'elle put : « En tout cas, il vaudrait mieux que je sorte du bois, car il commence vraiment à faire très sombre. Croyez-vous qu'il va pleuvoir ? »

Tweedledum ouvrit un grand parapluie couvrant la tête de son frère et la sienne et, levant les yeux, il dit : « Non, je ne crois pas qu'il pleuve, du moins, pas *ici.* Oh, non !

— Mais il peut pleuvoir *à côté ?*

— Il pleut, s'il veut, dit Tweedledee, nous n'y voyons pas d'inconvénient, au contraire. »

« Égoïstes ! » pensa Alice. Et elle était sur le point de leur dire : « Bonne nuit ! » et de les quitter, quand Tweedledum bondit de dessous le parapluie et la saisit par le poignet.

« Voyez-vous *ça ?* » dit-il d'une voix étouffée par la colère. Et ses yeux devinrent énormes et jaunes, cependant qu'il montrait du doigt une petite chose blanche qui gisait sous l'arbre.

« Ce n'est qu'une crécelle, dit Alice après un scrupuleux

examen de la petite chose blanche, seulement une vieille crécelle cassée.

— Je le sais bien ! hurla Tweedledum en trépignant sauvagement et en s'arrachant les cheveux, elle est cassée, naturellement ! » Là-dessus, il regarda Tweedledee qui s'assit aussitôt par terre et essaya de se cacher sous le parapluie.

Alice posa une main sur le bras de Tweedledum et lui dit d'un ton apaisant : « Vous ne devriez pas vous mettre tellement en colère pour une vieille crécelle.

— Mais *elle n'est pas* vieille ! s'écria Tweedledum, elle est *neuve,* je vous le dis — je l'ai achetée hier — ma BELLE CRÉCELLE ! » Et sa voix s'éleva jusqu'au parfait hurlement.

Pendant tout ce temps, Tweedledee s'efforçait de fermer le parapluie, avec lui dedans. C'était une chose si peu ordinaire que l'attention d'Alice fut détournée du frère en colère. Il ne put réussir tout à fait et, pour finir, il tomba enroulé dans le parapluie, la tête en dehors. Et il était ainsi étendu, ouvrant et fermant la bouche et ses gros yeux — « ressemblant plus à un poisson qu'à n'importe quoi d'autre », pensa Alice.

« Vous êtes naturellement d'accord pour qu'on se batte ? fit Tweedledum d'une voix plus calme.

— Je suppose, répondit l'autre tristement, en rampant hors du parapluie, mais il faut qu'*elle* nous aide à nous équiper. »

Les deux frères partirent donc dans le bois, la main dans la main et ils revinrent au bout d'une minute les bras chargés de toutes sortes de choses — telles que traversins, couvertures,

paillassons, nappes, couvercles et seaux à charbon. « J'espère que vous êtes habile à piquer des épingles et à nouer des cordons ? demanda Tweedledum, il faut que toutes ces affaires servent d'une façon ou d'une autre. »

Alice raconta par la suite qu'elle n'avait jamais vu de sa vie un tel remue-ménage – la façon dont les deux gaillards s'agitaient, la quantité de choses à leur mettre – et toute la peine qu'elle se donna pour attacher les ficelles et fixer les boutons. « Vraiment, ils ressembleront plus à un paquet de vieux habits qu'à autre chose quand ils seront prêts ! » se dit Alice, occupée à nouer un traversin autour du cou de Tweedledee, « pour éviter d'avoir la tête coupée », disait-il.

« Vous savez, ajouta-t-il gravement, c'est une des choses les plus sérieuses qui puisse arriver au cours d'une bataille, d'avoir la tête coupée. »

Alice éclata de rire, mais elle s'arrangea pour avoir l'air de tousser, de crainte de le froisser.

« Est-ce que je suis très pâle ? dit Tweedledum en s'approchant pour qu'on lui attachât son heaume. (Il *appelait* cela un heaume, mais apparemment, c'était plutôt une casserole.)

– Eh bien – oui – *un peu,* répondit Alice gentiment.

– Je suis très courageux en général, poursuivit-il à voix basse, mais il se trouve qu'aujourd'hui j'ai mal à la tête.

– Et *moi,* j'ai mal aux dents ! dit Tweedledee qui avait écouté, je suis plus mal en point que vous !

– Alors il vaudrait mieux remettre la bataille à un autre jour, dit Alice, pensant que c'était une bonne occasion pour faire la paix.

– Nous *devons* nous battre, mais je ne tiens pas à ce que cela dure longtemps, dit Tweedledum, quelle heure est-il maintenant ? »

Tweedledee regarda sa montre et dit : « Quatre heures et demie.

– Battons-nous jusqu'à six heures, et ensuite, dînons, dit Tweedledum.

– *Très* bien, fit l'autre, plutôt tristement, et *elle* peut nous regarder – seulement ne restez pas *trop* près, ajouta-t-il, en général je tape sur tout ce que je vois dans le feu du combat.

– Et moi, je frappe sur tout ce qui est à ma portée, s'écria Tweedledum, que je le voie ou non ! »

Alice éclata de rire. « Vous devez frapper sur les *arbres* et joliment souvent », dit-elle. Tweedledum regarda autour de lui avec un sourire satisfait. « Je ne crois pas, dit-il qu'il restera un seul arbre debout dans le voisinage quand nous aurons fini.

– Et tout cela pour une crécelle ! dit Alice, espérant encore qu'ils auraient *un peu* honte de se battre pour une telle bagatelle.

– Cela m'aurait tenu un peu moins à cœur si elle n'avait pas été neuve », dit Tweedledum.

« J'espère que le monstrueux corbeau viendra », pensa Alice.

« Il n'y a qu'une épée, vous savez, dit Tweedledum à son frère, mais *vous* pouvez prendre le parapluie, il est aussi pointu. Mais il faut faire vite. Il fait aussi noir que possible.

– Et même plus », dit Tweedledee.

L'obscurité fut bientôt telle qu'Alice pensa qu'une tempête approchait. « Quel épais nuage noir, dit-elle, et comme il avance vite ! On dirait qu'il a des ailes !

– C'est le corbeau ! » s'écria Tweedledum, en un cri d'alarme suraigu. Et les deux frères prirent leurs jambes à leur cou et disparurent en un moment.

Alice courut un peu dans le bois et s'arrêta sous un arbre imposant. « Il ne pourra pas m'atteindre *ici*, pensa-t-elle, il est beaucoup trop grand pour se glisser entre les arbres. Mais j'aimerais qu'il ne batte pas des ailes de la sorte – c'est un véritable ouragan – tiens ! voici un châle emporté par le vent ! »

CHAPITRE CINQ

Laine et eau

TOUT en parlant, elle attrapa le châle et, des yeux, chercha son propriétaire. L'instant d'après, la Reine Blanche accourait à travers bois, les bras grands ouverts, comme si elle volait, et Alice, très poliment, alla à sa rencontre avec le châle.

« Je suis très heureuse de m'être trouvée là », dit Alice en aidant la Reine à remettre son châle.

La Reine Blanche la regarda d'un air affolé et continua à marmotter quelque chose comme : « Du pain, du beurre, du pain, du beurre ». Alice comprit qu'il lui fallait mener la conversation s'il devait y en avoir une. Aussi commença-t-elle plutôt timidement :

« Est-ce à la Reine Blanche que je me prépare à parler ?

— Peut-être, si vous appelez ça « se préparer », dit la Reine, mais ce n'est pas du tout *ma* façon de penser. »

Alice estima qu'il valait mieux ne pas engager la conversation sur un désaccord, elle sourit donc et dit : « Si Votre Majesté veut seulement m'indiquer par quoi je dois commencer, je ferai de mon mieux.

— Mais je ne veux rien du tout ! gémit la pauvre Reine, voici deux heures que je suis fin prête. »

« Cela n'en eût été que mieux, jugea Alice, si elle avait eu quelqu'un pour la préparer ; elle est tellement mal attifée. Tout est mis de travers, pensa-t-elle, et elle est couverte d'épingles ! » « Puis-je arranger votre châle ? ajouta-t-elle à haute voix.

— Je ne sais pas ce qu'il a ! dit la Reine d'une voix chagrine. Il est de mauvaise humeur, je pense. Je l'ai épinglé ici, je l'ai épinglé là, mais ça n'a pas l'air de lui plaire !

— Cela *ne peut pas* aller, vous savez, si vous ne l'épinglez que d'un côté, dit Alice en le remettant gentiment en place. Hé ! mon Dieu ! dans quel état sont vos cheveux !

— La brosse est restée emmêlée dedans ! fit la Reine avec un soupir, et j'ai perdu mon peigne hier. »

Alice dégagea soigneusement la brosse et fit de son mieux pour remettre en ordre la chevelure de la Reine. « Allons, vous avez meilleur air maintenant, dit-elle après avoir changé de place la plupart des épingles. Mais vraiment, vous devriez avoir une femme de chambre !

— Je *vous* engagerais avec plaisir, dit la Reine, à deux sous par semaine, avec de la confiture chaque lendemain. »

Alice ne put s'empêcher de rire en disant : « Mais je ne veux pas être payée... et je ne tiens pas à la confiture.

— C'est de la très bonne confiture, dit la Reine.

— En tout cas, je n'en veux pas *aujourd'hui*.

— Vous n'en auriez pas, même si vous en vouliez, dit la Reine, la règle est : confiture la veille et le lendemain, mais jamais *aujourd'hui*.

— Il faut bien en venir quelquefois à «confiture aujourd'hui », objecta Alice.

— Non, dit la Reine, ce n'est pas possible, c'est toujours de la confiture pour le lendemain, et aujourd'hui n'est pas demain, vous savez.

— Je ne comprends pas, dit Alice, c'est terriblement compliqué.

— Voilà ce que c'est que de vivre à reculons, dit aimablement la Reine, cela rend toujours un peu ahuri.

— Vivre à reculons ! répéta Alice avec étonnement, je n'ai jamais entendu parler de ça !

— Mais il y a à cela un grand avantage ! La mémoire travaille dans les deux sens.

— Je suis pourtant sûre que la mienne ne fonctionne que dans un sens, remarqua Alice ; je ne peux me souvenir des choses tant qu'elles ne sont pas arrivées.

— C'est une pauvre mémoire, celle qui ne marche qu'à reculons, remarqua la Reine.

— De quelle sorte de choses vous souvenez-vous le mieux ? s'aventura à demander Alice.

— Oh, des choses qui se sont produites la semaine prochaine, répliqua la Reine d'un ton détaché. Par exemple, maintenant, continua-t-elle, tout en collant un emplâtre à son doigt, le messager du Roi est en prison, condamné, son procès ne commencera pas avant mercredi prochain, et, naturellement, le crime aura lieu en dernier.

— Et s'il ne commet pas de crime ? dit Alice.

— Ça n'en serait que mieux, n'est-ce pas ? » dit la Reine en fixant l'emplâtre autour de son doigt avec un bout de ruban.

Alice comprit qu'il n'y avait rien à redire *à cela*.
« Bien sûr, ça n'en serait que mieux, di-elle, mais ça n'en serait pas que mieux s'il était puni d'avance.

— Vous vous trompez, dit la Reine. Avez-vous jamais été punie ?

— Oui, pour des fautes que j'avais commises, dit Alice.

— Et ça n'en était que mieux, je le sais ! dit la Reine triomphalement.

— Oui, mais alors, les fautes *étaient* faites, dit Alice, toute la différence est là.

— Mais si vous ne les aviez pas faites, dit la Reine, ça n'en serait que mieux, mieux, mieux et mieux ! » Sa voix, à chaque « mieux », montait plus haut et ne fut enfin qu'un cri.

Alice avait déjà dit : « Il y a erreur » quand la Reine se mit à hurler si fort qu'elle dut interrompre sa phrase.

« Oh ! oh ! oh ! hurlait la Reine, secouant sa main comme si elle avait voulu l'arracher, mon doigt saigne. Oh ! oh ! oh ! oh ! »

Ces cris ressemblaient tellement au sifflet d'une locomotive qu'Alice dut se boucher les oreilles des deux mains.

« Qu'est-ce qu'il y a ? dit-elle, dès qu'elle eut une chance de se faire entendre, vous êtes-vous piqué le doigt ?

— Pas encore, dit la Reine, mais cela ne va pas tarder. Oh ! oh ! oh !

— Quand cela va-t-il arriver ? demanda Alice qui avait très envie de rire.

— Quand je remettrai mon châle, gémit la pauvre Reine, la broche, va s'ouvrir, oh ! oh ! » A peine avait-elle dit ces mots que la broche s'ouvrait. La Reine la saisit aussitôt et s'efforça de la refermer.

« Attention ! s'écria Alice, vous la tenez très mal ! » Et elle attrapa la broche. Mais il était trop tard, l'aiguille avait glissé et la Reine s'était piqué le doigt.

160

« Voilà qui explique le sang, voyez-vous, dit-elle avec un sourire. Maintenant, vous comprenez dans quel sens les choses se produisent ici.

— Mais pourquoi ne criez-vous pas *maintenant ?* demanda Alice, prête à se boucher les oreilles une seconde fois.

— Mais j'ai déjà crié, dit la Reine. A quoi bon recommencer tout ? »

Cependant, il faisait de plus en plus jour. « Le corbeau doit être envolé, dit Alice. Je suis très contente qu'il soit parti. Je croyais que c'était la nuit qui tombait.

— Je voudrais bien pouvoir être contente ! dit la Reine. Mais je ne sais jamais comment il faut s'y prendre. Vous devez être très heureuse de vivre dans ce bois et d'être contente quand cela vous chante !

— Seulement, cet endroit est *très* solitaire ! » dit Alice d'un ton mélancolique. Et à la pensée de sa solitude, deux grosses larmes roulèrent sur ses joues.

« Oh, arrêtez-vous ! cria la pauvre Reine, tordant ses mains de désespoir. Considérez que vous êtes une grande fille. Considérez tout le chemin que vous avez parcouru aujourd'hui. Considérez tout ce que vous voudrez, mais ne pleurez pas ! »

Alice ne put s'empêcher de rire, même au milieu de ses larmes. « Pouvez-vous éviter de pleurer en considérant les choses ? demanda-t-elle.

— C'est le moyen d'y arriver, dit la Reine avec beaucoup d'assurance. Personne ne peut faire deux choses à la fois. Considérons d'abord votre âge – voyons, quel âge avez-vous ?

— Sept ans et demi, exactement.

— Inutile de dire « exactement », observa la Reine, je peux le croire sans cela. Maintenant, je vais *vous* donner quelque chose à croire. J'ai juste cent un ans cinq mois et un jour.

— Je ne peux pas croire *cela !* fit Alice.

— Vraiment ? dit la Reine d'un ton de pitié. Essayez, respirez profondément et fermez les yeux. »

Alice éclata de rire.

« Inutile d'essayer, dit-elle, on *ne* peut *pas* croire des choses impossibles.

— J'ose dire que vous ne vous y êtes pas beaucoup exercée, dit

161

la Reine. A votre âge, j'avais l'habitude de m'y exercer une demi-heure chaque jour. Il m'est arrivé de croire jusqu'à six choses impossibles avant le déjeuner. Voilà mon châle qui s'en va encore ? »

La broche s'était défaite pendant qu'elle parlait et une soudaine bourrasque emporta le châle par-dessus un petit ruisseau. La Reine étendit les bras et repartit en courant. Cette fois, elle réussit à attraper son châle. « Je l'ai, cria-t-elle d'une voix triomphante. Cette fois, vous allez me voir l'épingler moi-même.

— Alors, j'espère que votre doigt va mieux ? » dit Alice très poliment en traversant le petit ruisseau, derrière la Reine.

« Oh, beaucoup mieux ! » lança la Reine. Et sa voix monta en un cri perçant : « Beaucoup ! Beaucoup ! Beau... Beu... ! Beeh... ! » pour finir en un long bêlement comme celui d'un mouton, ce qui surprit beaucoup Alice.

Elle regarda la Reine qui semblait s'être brusquement enveloppée d'une toison. Alice se frotta les yeux et regarda encore. Elle ne pouvait pas comprendre ce qui s'était passé. Était-elle dans une boutique ? Et était-ce vraiment — vraiment — un mouton qui était assis de l'autre côté du comptoir ? Elle avait beau se frotter les yeux, elle n'y pouvait rien changer : elle était dans une sombre petite boutique, penchée sur le comptoir, et en face d'elle, une vieille Brebis était assise dans un fauteuil, occupée à tricoter ; de temps en temps, elle levait les yeux de son travail pour la regarder à travers de grandes lunettes.

« Que désirez-vous acheter ? dit enfin la Brebis, délaissant un moment son tricot.

— Je ne sais pas encore *très bien,* dit Alice, très gentiment. J'aimerais d'abord jeter un coup d'œil à l'entour, si possible.

— Vous pouvez jeter un coup d'œil en face de vous, ou de chaque côté, si vous voulez, dit la Brebis, mais pas à l'entour, vous savez, à moins que vous n'ayez des yeux derrière la tête. »

Mais il se trouva qu'Alice n'en avait pas. Aussi se contenta-t-elle de faire le tour de la pièce en regardant les étagères.

La boutique semblait remplie de toutes sortes de choses curieuses, mais le plus bizarre de tout était que chaque fois

162

qu'Alice regardait une étagère en particulier, celle-ci était complètement vide alors que toutes les autres restaient pleines à craquer.

« Comme les choses disparaissent ici ! » dit-elle finalement d'un ton plaintif, après avoir passé une minute environ à poursuivre vainement une grande chose brillante qui ressemblait tantôt à une poupée, tantôt à une boîte à ouvrage, et qui se trouvait toujours sur l'étagère au-dessus de celle qu'elle regardait. « Et c'est bien ce qu'il y a de plus exaspérant. Mais je vais vous dire ce qui... ajouta-t-elle, soudain frappée par une idée : je vais la suivre jusqu'à la plus haute étagère. Elle hésitera à traverser le plafond, je suppose ! »

Même ce plan échoua : « la chose » passa à travers le plafond et très tranquillement, comme si elle en avait l'habitude.

« Êtes-vous un enfant ou un toton ? demanda la vieille Brebis en prenant une autre paire d'aiguilles. Je vais bientôt avoir le vertige si vous continuez à tourner comme ça. » Elle travaillait maintenant avec quatorze paires d'aiguilles à la fois et Alice ne put s'empêcher de la regarder avec beaucoup d'étonnement.

« Comment *peut*-elle tricoter avec tant d'aiguilles ? pensa l'enfant stupéfaite. A chaque minute, elle ressemble un peu plus à un porc-épic ! »

« Savez-vous ramer ? » demanda la Brebis.

Et elle lui tendit tout en parlant une paire d'aiguilles à tricoter.

« Oui, un peu, mais pas à terre et pas avec des aiguilles à tricoter », commença Alice, quand, brusquement, les aiguilles, dans ses mains, se changèrent en rames. Et elle s'aperçut qu'elles appartenaient à un petit bateau glissant entre deux rives. En sorte qu'il ne lui restait plus qu'à faire de son mieux.

« Plume ! » cria la Brebis, en prenant une autre paire d'aiguilles.

Cet appel ne semblait pas nécessiter de réponse. Aussi Alice continua-t-elle de ramer sans rien dire. L'eau avait quelque chose de très bizarre : les rames s'y enfonçaient vite mais en sortaient très difficilement.

« Plume ! Plume ! fit encore la Brebis, en prenant plus d'aiguilles. Vous allez attraper un crabe. »

« Un gentil petit crabe, pensa Alice, je voudrais bien. »

« M'avez-vous entendu dire « Plume » ? s'écria la Brebis avec colère et en prenant une véritable poignée d'aiguilles.

— Mais oui, dit Alice, vous l'avez dit assez souvent, et assez fort. S'il vous plaît, où *sont* les crabes ?

— Dans l'eau, naturellement ! dit la Brebis en se piquant des aiguilles dans les cheveux, car ses mains n'en pouvaient tenir davantage. — Plume, dis-je !

— Pourquoi dites-vous « Plume » si souvent ? demanda enfin Alice, plutôt vexée. Je ne suis pas un oiseau !

— Si, dit la Brebis, vous êtes une petite oie. »

Alice fut un peu offensée et la conversation cessa pendant une ou deux minutes.

Cependant la barque glissait doucement, parfois sur des herbes (et alors il était particulièrement difficile de sortir les rames de l'eau), parfois sous les arbres, mais toujours avec les mêmes berges, hautes et menaçantes au-dessus de leur tête.

« Oh, s'il vous plaît ! Il y a des joncs qui sentent délicieusement bon ! s'écria Alice avec enthousiasme. Il y en a vraiment… et si beaux !

— Inutile de me dire « s'il vous plaît » pour ça, dit la Brebis sans lever les yeux de son tricot. Ce n'est pas moi qui les ai mis là et je ne vais pas les enlever.

— Non, mais je veux dire s'il vous plaît, pourrions-nous arrêter un peu le bateau et en cueillir quelques-uns ? plaida Alice. Si cela ne vous fait rien, j'en ai pour une minute.

— Comment puis-je l'arrêter, *moi ?* dit la Brebis. Vous n'avez qu'à cesser de ramer, il s'arrêtera de lui-même. »

La barque fut donc livrée aux fantaisies du courant jusqu'au moment où elle glissa parmi les joncs. Alors Alice remonta soigneusement ses manches, et ses petits bras, pour saisir la tige aussi bas que possible, plongèrent dans l'eau jusqu'au coude. Pendant un moment, Alice oublia complètement la Brebis et le tricot, penchée par-dessus bord et le bout de ses cheveux emmêlés trempant dans l'eau, tandis que, les yeux brillants, elle attrapait par poignées ses chers roseaux odorants.

« J'espère que le bateau ne va pas chavirer, se dit-elle. Oh ! celui-là, *comme* il est joli ! Mais si seulement je pouvais

164

l'atteindre. ». Et c'était *vraiment* un peu enrageant (« comme si c'était fait exprès » pensa-t-elle) : bien qu'elle s'arrangeât pour cueillir beaucoup de jolis joncs quand le bateau passait à côté, il y en avait toujours un plus beau que les autres qu'elle ne pouvait atteindre.

« Les plus jolis sont toujours plus loin ! » dit-elle enfin, avec un soupir, parce que les joncs s'obstinaient à pousser si loin. Les joues rouges, les cheveux et les mains mouillés, elle reprit sa place et se mit en devoir d'arranger ses nouveaux trésors.

Que lui importait alors que les joncs eussent commencé à se faner et à perdre leur parfum et leur beauté, dès l'instant où elle les avait cueillis ? Même de vrais joncs odorants, vous le savez, ne durent que peu de temps — et ceux-ci, étant des joncs de rêve, fondirent comme neige, étendus en tas à ses pieds — mais Alice s'en aperçut à peine ; tant d'autres choses étranges appelaient ses pensées !

Elles ne s'étaient pas beaucoup éloignées quand l'une des rames entra brusquement dans l'eau et ne *voulut* pas en sortir (c'est ce qu'Alice expliqua par la suite) en sorte que son bout vint frapper Alice sous le menton. En dépit d'une série de petits « Oh ! oh ! oh ! » poussés par la pauvre Alice, elle fut arrachée de son siège et projetée sur le tas de joncs.

D'ailleurs, elle ne se fit aucun mal et elle fut bientôt debout. La Brebis continuait à tricoter comme si rien ne s'était passé. « C'est un joli crabe que vous avez attrapé ! remarqua-t-elle quand Alice, bien contente de se trouver encore dans le bateau, eut repris sa place.

— Vraiment ! Je ne l'ai pas vu, dit Alice en se penchant précautionneusement par-dessus bord pour fouiller l'eau du regard. J'aurais bien voulu ne pas le laisser partir... J'aimerais tant ramener un petit crabe à la maison. » Mais la vieille Brebis ne fit que rire avec mépris et continuer son tricot.

« Est-ce qu'il y a beaucoup de crabes ici ? dit Alice.

— Des crabes et toutes sortes de choses, dit la Brebis, beaucoup de choix. Mais décidez-vous maintenant. Que voulez-vous acheter ?

— Acheter ? répéta Alice d'un ton moitié étonné, moitié effrayé, car les rames, et la barque, et la rivière s'étaient évanouies en un moment, et elle était à nouveau dans l'obscure petite boutique.

— Je voudrais bien acheter un œuf, s'il vous plaît, dit-elle timidement. Combien les vendez-vous ?

— Cinq sous pièce... deux sous les deux, répondit la Brebis.

— Alors, deux œufs coûtent moins cher qu'un ? dit Alice d'un air surpris en ouvrant son porte-monnaie.

— Mais il *faut* manger les deux si vous en achetez deux, dit la Brebis.

— Alors, j'en prendrai *un,* s'il vous plaît », dit Alice en posant son argent sur le comptoir.

Car elle pensait : « Ils pourraient bien ne pas être bons... »

La Brebis prit l'argent et le mit dans une boîte. Puis elle dit : « Je ne mets jamais les choses dans les mains des gens, cela ne se fait pas, vous devez vous servir vous-même. » Et ce disant, elle alla au fond de la boutique et posa l'œuf sur une étagère.

« Je me demande pourquoi cela ne se fait pas », pensa Alice en se frayant un passage parmi les tables et les chaises, car le fond de la boutique était très sombre. « L'œuf semble s'éloigner à mesure que je m'avance vers lui. Voyons, est-ce là une chaise ? Mais, ma parole, elle a des branches ! Comme c'est bizarre de trouver des arbres qui poussent ici et voici un petit ruisseau ! Vrai, c'est bien la plus étrange boutique que j'aie jamais vue. »

Elle continua ainsi, s'étonnant de plus en plus à chaque pas, car chaque chose se changeait en arbre au moment où elle s'en approchait et elle s'attendait à ce que l'œuf fît de même.

CHAPITRE SIX

Humpty Dumpty

CEPENDANT, l'œuf devenait de plus en plus gros et prenait de plus en plus forme humaine. Quand Alice fut arrivée à quelques mètres de lui, elle distingua des yeux et un nez, et une bouche. Et, quand elle fut tout près, elle vit nettement que c'était HUMPTY DUMPTY en personne. « C'est sûrement lui ! se dit-elle. J'en suis aussi certaine que si son nom était écrit sur sa figure ! »

On aurait pu facilement l'écrire une centaine de fois sur cette énorme figure. Humpty Dumpty était assis, les jambes croisées comme un Turc, sur le haut d'un mur — d'un mur si mince qu'Alice se demanda comment Humpty Dumpty pouvait garder son équilibre — et parce que ses yeux restaient obstinément fixés dans la direction opposée à celle où se trouvait Alice et qu'il ne prêtait aucune attention à elle, Alice pensa qu'après tout il devait n'être qu'un mannequin.

« Comme il ressemble à un œuf, c'est frappant ! » dit-elle à haute voix, les mains tendues pour le rattraper, car elle s'attendait à ce qu'il tombât d'un moment à l'autre.

« C'est *très* vexant, dit Humpty Dumpty après un long silence en détournant encore son regard d'Alice, d'être traité d'œuf — *très* vexant !

— J'ai dit que vous *ressembliez* à un œuf, monsieur, expliqua gentiment Alice. Et certains œufs sont très jolis, vous savez, ajouta-t-elle, espérant donner à sa remarque un air de compliment.

— Certaines gens, dit Humpty Dumpty, en regardant toujours ailleurs, n'ont pas plus de bon sens qu'un bébé ! »

Alice ne sut que dire à cela. « Ce n'était pas du tout comme une conversation, pensa-t-elle, puisqu'il ne lui parlait jamais à *elle*. » En fait, cette dernière phrase était évidemment adressée à un arbre. Aussi dit-elle doucement, sans bouger :

167

Humpty Dumpty était assis sur un mur,
Humpty Dumpty fit une chute magistrale.
Tous les cavaliers du Roi et tous ses hommes d'armes
Furent impuissants à remettre Humpty Dumpty à sa place.

« Ce dernier vers est beaucoup trop long pour le poème, ajouta-t-elle, presque à voix haute, oubliant que Humpty Dumpty pourrait l'entendre.

— Quand aurez-vous fini de bavarder toute seule ? dit Humpty Dumpty en la regardant pour la première fois. Dites-moi plutôt votre nom et votre profession.

— Mon nom est *Alice*, mais...

— C'est un nom plutôt stupide ! interrompit Humpty Dumpty avec impatience. Qu'est-ce qu'il veut dire ?

— Est-ce qu'un nom *doit* signifier quelque chose ? demanda Alice d'un air de doute.

— Bien sûr, dit Humpty Dumpty avec un rire bref, *mon* nom signifie la forme que j'ai... et une bien belle forme encore. Avec un nom comme le vôtre, vous pourriez avoir n'importe quelle forme, ou presque.

— Pourquoi restez-vous ici tout seul ? dit Alice, soucieuse d'éviter une discussion.

— Parce qu'il n'y a personne avec moi, pardi ! s'écria Humpty Dumpty. Avez-vous cru, par hasard, que je ne saurais pas répondre à ça ? Demandez-moi autre chose.

— Ne croyez-vous pas que vous seriez plus en sécurité sur la terre ferme ? poursuivit Alice sans la moindre idée de poser une autre devinette, mais simplement parce que son bon cœur s'inquiétait de la situation de l'étrange créature. Ce mur est *tellement* étroit !

— Vos devinettes sont incroyablement faciles ! grommela Humpty Dumpty. Évidemment, je ne le crois pas ! Si jamais vraiment je tombais — mais il n'y a aucune chance — mais *si* cela arrivait... » Alors il se pinça les lèvres et prit un air si solennel et si hautain qu'Alice put à peine s'empêcher de rire. « *Si je tombais*, continua-t-il, *le Roi m'a promis*... Ah ! vous pouvez pâlir ! Vous ne vous attendiez pas à ces paroles, n'est-ce pas ? *Le Roi m'a promis, de sa bouche, de... de...*

168

« — D'envoyer tous ses cavaliers et tous ses hommes d'armes, interrompit assez étourdiment Alice.

— Ça, c'est trop fort ! s'écria Humpty Dumpty, pris d'une soudaine colère. Vous avez écouté aux portes, et derrière les arbres, et par les cheminées, sinon, vous ne pourriez pas savoir ça !

— Non ! protesta gentiment Alice. Je l'ai lu dans un livre.

— Ah ! alors ! On peut écrire de telles choses dans un *livre*... dit Humpty Dumpty d'un ton plus calme. C'est ce que vous appelez une Histoire d'Angleterre. Maintenant, regardez-moi bien ! je suis quelqu'un qui a parlé à un Roi. Peut-être n'en rencontrerez-vous jamais d'autre. Et pour vous montrer que je ne suis pas fier, vous pouvez me serrer la main ! »

Et sa bouche se fendit jusqu'aux oreilles quand il s'inclina (et faillit tomber du mur) et tendit une main à Alice. Elle le regarda avec une certaine inquiétude en la prenant : « S'il sourit encore un peu, les coins de sa bouche vont se rencontrer par derrière, pensa-t-elle, et alors, je me demande ce qu'il adviendra de sa tête ! Je crains qu'elle ne se détache ! »

« Oui, tous ses cavaliers et tous ses hommes d'armes, poursuivit Humpty Dumpty. Ils me relèveraient en une seconde, ils le feraient ! Mais cette conversation va un peu trop vite. Revenons à la première remarque.

— Je crains de ne plus m'en souvenir, dit Alice très poliment.

— En ce cas, recommençons, dit Humpty Dumpty, et à mon tour de choisir un sujet — (« Il parle tout à fait comme s'il s'agissait d'un jeu ! » pensa Alice.) Voici donc une question pour vous : quel âge avez-vous dit que vous aviez? »

Alice fit un bref calcul et dit :

« Sept ans et six mois.

— Faux ! s'écria triomphalement Humpty Dumpty. Vous n'avez jamais rien dit de pareil.

— Je pensais que vous vouliez dire : Quel âge avez-vous ? expliqua Alice.

— Si j'avais voulu dire ça, je l'aurais dit », dit Humpty Dumpty.

Alice, qui ne voulait pas commencer une autre discussion, ne répondit rien.

170

« Sept ans et six mois ! répéta pensivement Humpty Dumpty. Un âge bien embarrassant. Si vous m'aviez demandé mon avis, je vous aurais dit : « Arrêtez-vous à sept », mais il est trop tard maintenant !

— Je n'ai jamais demandé l'avis de personne pour grandir, protesta Alice avec indignation.

— Trop fière ? » s'enquit Humpty Dumpty.

Alice fut encore plus indignée par cette supposition. « Je veux dire, fit-elle, qu'une personne ne peut s'empêcher de grandir.

— *Une* ne peut pas, c'est possible, dit Humpty Dumpty, mais *deux peuvent.* Avec l'aide convenable, vous auriez pu rester à sept ans.

— Quelle belle ceinture vous avez ! » remarqua brusquement Alice.

Elle pensait qu'ils en avaient assez dit au sujet de l'âge et que, si vraiment ils choisissaient les sujets de conversation l'un après l'autre, c'était à son tour. « Du moins, précisa-t-elle à la réflexion, j'aurais dû dire : quelle belle cravate ! Excusez-moi, pas une ceinture », ajouta-t-elle, déconcertée par l'air profondément offensé d'Humpty Dumpty. Et elle commença à regretter d'avoir choisi ce sujet. « Si seulement je savais, pensa-t-elle, ce qui est son cou et ce qui est sa taille ! »

De tout évidence, Humpty Dumpty était furieux, bien qu'il gardât le silence pendant une minute ou deux. Quand il prit la parole, ce fut avec un sourd grondement.

« C'est *très vexant,* dit-il enfin, qu'une personne ne sache pas distinguer une cravate d'une ceinture !

— Je suis vraiment très ignorante, dit Alice d'un ton si humble que Humpty Dumpty s'adoucit.

— C'est une cravate, enfant, et une très belle cravate, comme vous dites. C'est un présent du Roi Blanc et de la Reine.

— Vraiment ? fit Alice, très heureuse d'avoir, après tout, choisi un bon sujet.

— Ils me l'ont donnée, continua pensivement Humpty Dumpty en croisant ses jambes et en entourant ses genoux de ses mains jointes, ils me l'ont donnée... comme un cadeau de non-anniversaire.

— Je vous demande pardon ? dit Alice d'un air très étonné.

— Je ne suis pas offensé, dit Humpty Dumpty.

— Je veux dire, qu'est-ce qu'un cadeau de non-anniversaire ?

— C'est un cadeau que l'on vous fait quand ce n'est pas votre anniversaire, bien entendu.

— J'aime mieux les cadeaux d'anniversaire, dit-elle finalement.

— Vous ne savez pas ce que vous dites ! s'écria Humpty Dumtpy. Combien de jours y a-t-il dans une année ?

— Trois cent soixante-cinq, dit Alice.

— Et combien d'anniversaires avez-vous ?

— Un seul.

— Et si vous retirez un de trois cent soixante-cinq, combien reste-t-il ?

— Trois cent soixante-quatre, naturellement. »

Humpty Dumpty semblait peu convaincu.

« J'aimerais voir ça sur le papier », dit-il.

Alice ne put s'empêcher de sourire en prenant son carnet et elle posa l'opération pour lui :

$$
\begin{array}{r}
365 \\
- 1 \\
\hline
364
\end{array}
$$

Humpty Dumpty prit le carnet et regarda attentivement.

« Il semble que ce soit juste... commença-t-il.

— Vous le tenez à l'envers ! interrompit Alice.

— C'est pourtant vrai ! dit gaiement Humpty Dumpty, tandis qu'Alice remettait pour lui le carnet à l'endroit. Je trouvais bien

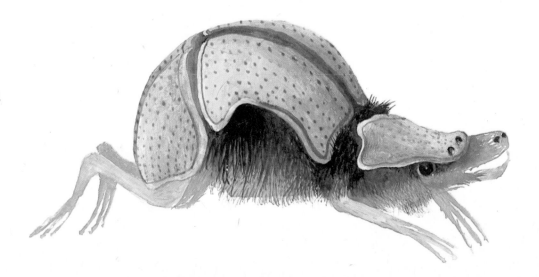

que c'était bizarre — c'est pour ça que j'ai dit : il *semble* que ce soit juste — bien que je n'aie pas encore eu le temps de m'en assurer vraiment — ceci montre qu'il y a trois cent soixante-quatre jours pendant lesquels vous pouvez recevoir un présent de non-anniversaire.

— Certainement, dit Alice.

— Et *un seul* pour un cadeau d'anniversaire, voyez-vous. Gloire à vous !

— Je ne comprends pas ce que vous voulez dire par « gloire », dit Alice.

Humpty Dumpty sourit avec mépris.

« Bien sûr que vous ne comprenez pas — attendez que je vous explique. Cela signifie : « Voilà un bel argument écrasant ! »

— Mais « gloire » ne signifie pas « un bel argument écrasant », objecta Alice.

— Quand j'emploie un mot, dit Humpty Dumpty avec un certain mépris, il signifie ce que je veux qu'il signifie, ni plus ni moins.

— La question est de savoir, dit Alice, si *vous* pouvez faire que les mêmes mots signifient tant de choses différentes.

— La question est de savoir, dit Humpty Dumpty, qui est le maître — c'est tout. »

Alice était trop abasourdie pour insister. Au bout d'une minute, Humpty Dumpty reprit : « Certains ont du caractère — notamment les verbes. Ce sont les plus fiers — avec les adjectifs on peut faire ce qu'on veut, mais pas avec les verbes — pourtant, je peux me servir de tous à mon gré ! Impénétrabilité ! Voilà ce que je dis.

— Voudriez-vous, je vous prie, me dire ce que cela signifie, dit Alice.

— Vous parlez enfin comme une enfant raisonnable, dit Humpty Dumpty, l'air satisfait. Je veux dire par « impénétrabilité » que nous avons assez bavardé sur ce sujet et que ce serait tout aussi bien si vous vouliez me dire ce que vous voulez faire maintenant, car je suppose que vous n'avez pas l'intention de rester ici toute votre vie.

— C'est beaucoup de choses pour un seul mot, dit Alice d'un ton pensif.

173

— Quand je demande à un mot de faire un travail pareil, dit Humpty Dumpty, je lui donne toujours un supplément de paye.

— Oh ! » dit Alice. Elle était trop étonnée pour en dire plus.

« Ah ! vous devriez les voir se mettre autour de moi le samedi soir, poursuivit Humpty Dumpty en balançant gravement la tête de droite et de gauche, pour toucher leur paye, vous savez. »

(Alice ne se risqua pas à lui demander avec quoi il les payait ; aussi voyez-vous, je ne peux pas *vous* le dire.)

« Vous semblez très habile pour expliquer le sens des mots, monsieur, dit Alice. Seriez-vous assez aimable pour me dire le sens du poème intitulé : « Le Berdouilleux » ?

— J'écoute, dit Humpty Dumpty, je peux expliquer tous les poèmes qui ont été inventés… et beaucoup d'autres qui ne l'ont pas encore été. »

Ceci semblait très prometteur, aussi Alice répéta-t-elle le premier quatrain :

Il était ardille et les glisseux torves
Gyraient et gamblaient sur la plade
Tout dodegoutants étaient les borororves
Les chonverts grougroussaient la nomade.

« C'est assez pour commencer, interrompit Humpty Dumpty, il y a déjà pas mal de mots difficiles là-dedans. *Ardille,* ça veut dire que ça chauffe et que ça brille, sous un soleil ardent.

— C'est assez vraisemblable, dit Alice, et *glisseux ?*

— *Glisseux* veut dire à la fois glissant et visqueux, c'est un mot-valise, il y a deux significations dans un seul mot.

— Je comprends tout maintenant, fit Alice pensivement, et les *torves,* qu'est-ce que c'est ?

— Eh bien ! les *torves* ont la queue tordue en tire-bouchon, à moins que ce soit le museau, ou les deux.

— Ils doivent avoir l'air plutôt bizarres.

— Ils le sont, en effet, dit Humpty Dumpty, ils nichent à l'ombre de cadrans solaires et se nourrissent de fromage.

— Et *gyraient* et *gamblaient* qu'est-ce que ça signifie ?

— *Gyraient,* ça veut dire qu'ils tournaient et tournaient

174

comme un gyroscope, et *gamblaient,* ça veut dire qu'ils gambil-
laient sur leurs gambettes.

   — Et la *plade,* c'est peut-être l'esplanade qu'il y avait au pied
du cadran solaire, dit Alice, surprise elle-même de son ingénio-
sité.

   — Exactement ! Et *dodegoutant,* ça veut dire dodelinant et
dégoûtant (encore deux mots dans un), les *borororves* sont des
oiseaux mélancoliques à longues pattes fines, le corps ébouriffé
de plumes comme un vieux balai.

   — Je vois, dit Alice, je suis confuse
de vous donner tant de
peine, et les *chonverts ?*
— Le *chonvert* est tout
simplement une
espèce de cochon vert ;

grougroussaient, je ne sais pas très bien, ça pourrait être quelque chose comme poussaient du groin une sorte de grognement, et la *nomade,* c'est le nom de leur chanson quand ils sont en promenade sans très bien savoir où ils vont ; une fois que vous l'aurez entendue — tenez, du côté du bois là-bas — vous serez fixée. Mais où donc êtes-vous allée dénicher une chose aussi compliquée ?

— Je l'ai lue dans un livre, dit Alice. Mais on m'a récité une poésie beaucoup plus facile que celle-là… je pense que c'était Tweedledee.

— Pour ce qui est de la poésie, vous savez, dit Humpty Dumpty, étendant une de ses grandes mains, je peux en réciter aussi bien que n'importe qui, s'il faut en venir là…

— Oh, ce n'est pas nécessaire du tout ! s'empressa de dire Alice, espérant l'empêcher de commencer.

— Le morceau que je vais réciter, continua-t-il, sans tenir compte de la remarque d'Alice, a été écrit entièrement pour votre amusement. »

Alice comprit que, dans ce cas, elle ne pouvait faire autrement que d'écouter. Elle s'assit donc et dit : « Je vous remercie », d'un ton résigné.

En hiver, quand les champs sont blancs
* C'est pour vous que je chante ce chant —*

« seulement, je ne le chante pas, ajouta-t-il en guise d'explication.

— Je le vois bien, dit Alice.

— Si vous pouvez *voir* si je chante ou non, vous avez une meilleure vue que la plupart des gens », observa Humpty Dumpty sévèrement.

Alice garda le silence.

Au printemps, quand les bois sont verts
* Je veux vous expliquer mes vers*

« Merci beaucoup », dit Alice.

176

En été, quand les jours sont longs
    Il faut comprendre ma chanson.
En automne, quand les feuilles grelottent
    C'est le moment de prendre note.

« Je le ferai si je peux m'en souvenir, dit Alice.

– Inutile de faire des réflexions de ce genre, dit Humpty Dumpty, elles ne sont pas très intelligentes et elles m'exaspèrent. »

J'ai écrit une lettre aux poissons
    Je leur ai dit : « Obéissons ! »
Les petits poissons de la mer
    M'ont répondu comme à leur père
Les petits poissons me disaient :
    « C'est impossible, vous le savez – »

« J'ai peur de ne pas très bien comprendre, dit Alice.

– C'est plus facile ensuite », répondit Humpty Dumpty.

Je ne me suis pas laissé faire :
    « Il faut obéir à son père ! »

« Ce que vous êtes de mauvaise humeur ! »
    Ont répondu les petits moqueurs.

Je leur ai dit, je l'ai répété,
    Ils ne voulaient pas écouter.

Alors mon cœur n'a fait qu'un bond,
    J'ai fait couler l'eau pour de bon.

Mais quelqu'un est venu qui m'a dit :
    « Les petits poissons sont au lit. »

Je lui ai dit : « Alors faites vite.
    Il faut les réveiller tout de suite. »

J'ai crié ça dans son oreille :
  « *Il faut que tu me les réveilles !* »

Humpty Dumpty hurla presque ce dernier vers, et Alice se dit avec un frisson :
« Je n'aurais pas voulu être le messager, *pour rien au monde !* »

Mais il était si raide de port
  Qu'il m'a dit : « Criez pas si fort ! »

C'est raide et fier qu'il m'a dit :
  « *Je ne les réveillerai que si — * »

Alors j'ai pris un tire-bouchon,
  Sacré nom d'un petit cochon.

Hélas ! la porte était fermée,
Je l'ai poussée, tirée, mais, mais —

Il y eut un long silence.
« Est-ce tout ? demanda timidement Alice.
— C'est tout, dit Humpty Dumpty. Au revoir. »
C'était plutôt brusque, mais après une suggestion aussi nette, elle pensa qu'il ne serait guère poli de rester là plus longtemps. Aussi se leva-t-elle et lui tendant la main : « Au revoir, dit-elle, aussi aimablement qu'elle put, jusqu'à notre prochaine rencontre !
— Je ne vous reconnaîtrais pas si nous venions à nous rencontrer de nouveau, répondit Humpty Dumpty d'un ton maussade et en ne lui tendant qu'un doigt. Vous êtes tellement faite comme tout le monde !
— On reconnaît généralement les gens à leur figure, dit Alice d'un ton pensif.
— C'est bien ce que je dis, fit Humpty Dumpty. Votre figure est celle de tout le monde... les deux yeux ici, — (et de son pouce, il marqua leur place dans l'air), le nez au milieu, la bouche en dessous. C'est toujours la même chose. Si, par exemple, vous

aviez les deux yeux du même côté du nez… ou la bouche à la place du front, cela *pourrait* m'aider.

— Ce ne serait pas joli », objecta Alice.

Mais Humpty Dumpty ferma seulement les yeux et dit :

« Attendez donc d'avoir essayé. »

Alice resta encore une minute pour voir s'il allait encore dire quelque chose, mais comme il n'ouvrait toujours pas les yeux et ne s'occupait plus d'elle, elle dit : « Au revoir » une fois de plus, et, ne recevant pas de réponse, elle s'éloigna tranquillement. Pourtant elle ne put s'empêcher de murmurer en s'en allant : « Déconcertant (elle répéta ce mot comme s'il était pour elle d'un grand réconfort), de tous les gens déconcertants que j'aie *jamais* rencontrés… » Elle ne finit pas sa phrase car, à ce moment, un terrible craquement secoua la forêt de part en part.

CHAPITRE SEPT

Le lion et la licorne

L'INSTANT d'après, au pas de course, des soldats traversèrent le bois, d'abord par rangs de deux ou de trois, puis de dix et de vingt, et finalement, en nombre tel qu'ils semblaient remplir toute la forêt. Alice, de crainte d'être écrasée, se réfugia derrière un arbre et les regarda passer.

De sa vie, elle n'avait jamais vu soldats plus chancelants. Ils butaient tout le temps sur quelque chose, et quand l'un d'eux tombait, plusieurs autres tombaient par-dessus, si bien que le sol fut bientôt couvert de petits tas d'hommes.

Alors survinrent les cavaliers. Ayant quatre pattes, ils se déplaçaient plus facilement que les fantassins. Pourtant, *eux-mêmes* trébuchaient de temps en temps ; et, comme si c'était de règle, chaque fois qu'un cheval trébuchait, son cavalier, immédiatement, dégringolait. Le désordre augmentait sans cesse et Alice fut très heureuse de sortir du bois pour arriver devant un espace découvert où elle trouva le Roi Blanc assis par terre, très occupé à écrire sur son carnet de notes.

« Je les ai tous envoyés », s'écria le Roi d'un ton ravi en voyant Alice. N'avez-vous pas rencontré des soldats, ma chère, en traversant la forêt ?

— Si, répondit Alice, plusieurs milliers, j'imagine.

— Quatre mille deux cent sept, exactement, dit le Roi en consultant son carnet. Je ne pouvais pas envoyer tous les cavaliers, vous savez, parce qu'il en faut deux pour le jeu. Je n'ai pas non plus envoyé les deux messagers. Ils sont partis à la ville. Regardez un peu sur la route et dites-moi si vous en voyez un.

— Je ne vois personne, dit Alice.

— Je voudrais bien avoir d'aussi bons yeux, observa le Roi d'un ton chagrin. Voir Personne ! Et à cette distance encore ! Moi, tout ce que je peux faire, c'est voir des gens. »

Tout ceci fut perdu pour Alice qui regardait intensément la route en s'abritant les yeux d'une main.

« Je vois quelqu'un ! s'écria-t-elle enfin. Mais il ne va pas vite… et comme il avance bizarrement ! (Le Messager en effet avançait par bonds, en se tortillant comme une anguille et il tenait ses mains écartées, comme des éventails, de chaque côté de la tête.)

— Pas du tout ! dit le Roi. C'est un Messager anglo-saxon et ce sont des attitudes d'Anglo-Saxon. Il fait toujours cela quand il est heureux. Son nom est Haigha.

— J'aime mon amoureux avec un H, ne put s'empêcher de dire Alice, parce qu'il est Heureux. Je le hais, avec un H, parce qu'il est Hideux. Je le nourris avec des Haricots et du Houblon. Son nom est Haigha, et il habite…

— Il habite sur la Hauteur, remarqua le Roi simplement sans soupçonner qu'il se prêtait à un jeu, cependant qu'Alice cherchait le nom d'une ville commençant par un H. L'autre Messager s'appelle Hatta. Il m'en faut deux, vous savez, pour aller et venir. L'un pour aller, l'autre pour venir.

— Je vous demande pardon ? fit Alice.

— Ce n'est pas bien de demander, dit le Roi.

— Je voulais simplement dire que je ne comprenais pas, dit Alice. Pourquoi l'un pour aller, l'autre pour venir ?

— Ne vous l'ai-je pas dit ? répéta le Roi avec impatience. Il m'en faut *deux* : pour aller chercher et pour rapporter. »

A ce moment, le Messager arriva. Il était beaucoup trop essoufflé pour dire un mot et ne pouvait rien faire qu'agiter les mains et faire les plus horribles grimaces au malheureux Roi.

« Cette jeune demoiselle vous aime avec un H », dit le Roi en présentant Alice, et en espérant ainsi détourner de lui l'attention du Messager, mais c'était inutile. Les attitudes anglo-saxonnes devenaient de plus en plus extraordinaires, tandis que les yeux roulaient farouchement dans leurs orbites.

« Vous me faites peur ! dit le Roi. Je sens que je m'évanouis. Donnez-moi un hors-d'œuvre. »

Sur quoi le Messager, au grand amusement d'Alice, ouvrit un sac qui lui pendait au cou et tendit un sandwich au Roi qui le dévora avidement.

« Un autre sandwich ! dit le Roi.

— Il n'y a plus que du foin, dit le Messager en jetant un coup d'œil dans le sac.

— Du foin alors », fit le Roi d'une voix étouffée.

Alice fut contente de voir qu'il se ranimait.

« Il n'y a rien comme de manger du foin quand on s'évanouit, lui dit-il tout en mâchant.

— J'aurais pensé que jeter de l'eau sur la tête, ou faire respirer des sels, était meilleur, suggéra Alice.

— Je n'ai pas dit qu'il n'y avait rien de *meilleur,* répondit le Roi, j'ai dit qu'il n'y avait rien *comme.* »

Ce qu'Alice ne s'aventura pas à nier.

« Qui avez-vous dépassé sur la route ? poursuivit le Roi en tendant une main au Messager pour avoir du foin.

— Personne, dit le Messager.

— Très juste, dit le Roi, cette jeune demoiselle l'a vu. Ainsi, Personne marche plus lentement que vous.

— J'ai fait de mon mieux, dit le Messager tristement. Je suis bien sûr que personne ne marche plus vite que moi.

— Ce n'est pas possible, dit le Roi, car alors il serait arrivé avant vous. Mais maintenant que vous avez repris haleine, dites-nous ce qui s'est passé en ville.

— Je vais le chuchoter », dit le Messager, en mettant ses mains en porte-voix devant sa bouche et en se penchant pour être plus près de l'oreille du Roi. Alice en fut chagrinée, car elle aurait bien voulu, elle aussi, entendre les nouvelles. Cependant, au lieu de chuchoter, il hurla tout simplement le plus fort qu'il put. « Ils ont remis ça !

— Est-ce là un chuchotement ? s'écria le pauvre Roi en sursautant. Si vous recommencez, je vous boxerai ! Ma tête a été secouée comme par un tremblement de terre !

— Il faudrait que ce soit un bien petit tremblement de terre ! pensa Alice. Qui a remis ça ? se risqua-t-elle à demander.

— Mais le Lion et la Licorne, naturellement, dit le Roi.

— Ils combattent pour la couronne ?

— Bien sûr, dit le Roi, et le plus plaisant de l'histoire, c'est qu'ils se battent pour *ma* couronne ? Courons voir ça. » Et ils partirent au galop, et, tout en courant, Alice répétait les paroles de la vieille chanson :

182

Le Lion et la Licorne se battaient pour la couronne ;
Le Lion battit la Licorne tout autour de la ville.
Certains leur donnèrent du pain blanc, d'autres du pain noir,
Certains leur donnèrent du plum-cake et les chassèrent au son
du tambour.

« Est-ce que – celui qui – gagne – a la couronne? demanda-t-elle du mieux qu'elle put, car la rapidité de la course lui coupait la respiration.

– Ma foi non ! dit le Roi. Quelle idée !

– Voudriez-vous – être assez bon – haleta Alice après avoir couru un moment encore, pour – arrêter – une minute – pour reprendre souffle ?

– Je suis assez *bon,* dit le Roi, seulement je ne suis pas assez *fort.* Voyez-vous, une minute passe si vite… autant essayer d'arrêter un Bandersnacht. »

Alice n'avait plus assez de souffle pour parler. Aussi continuèrent-ils à courir en silence jusqu'au moment où ils furent en vue d'une foule immense au milieu de laquelle le Lion et la Licorne se battaient. Ils étaient dans un tel nuage de poussière qu'Alice ne put d'abord les reconnaître, mais elle fut bientôt capable de distinguer la Licorne, à cause de sa corne.

Ils prirent place à côté de Hatta, l'autre Messager, qui assistait au combat avec une tasse de thé dans la main et une tartine beurrée dans l'autre.

« Il sort tout juste de prison, et il n'avait pas fini son thé quand on l'y a envoyé, murmura Haigha à Alice, et comme ils n'ont là-dedans à manger que des coquilles d'huîtres, il a très faim et très soif. Comment allez-vous, cher enfant ? » ajouta-t-il, en passant affectueusement son bras autour du cou de Hatta.

Hatta regarda autour de lui, fit un signe de tête et continua à manger sa tartine.

« Étiez-vous heureux en prison, cher enfant ? » dit Haigha.

Hatta regarda autour de lui et, cette fois, une larme ou deux coulèrent sur sa joue, mais il resta muet.

« Ne pouvez-vous parler ? s'écria le Roi. Où en est la bataille ? »

Hatta fit un effort désespéré et avala une grosse bouchée de pain beurré.

183

« La bataille va très bien, dit-il d'une voix étouffée. Chacun d'eux a mordu la poussière à peu près quatre-vingt-sept fois.

— Alors je suppose qu'ils apporteront bientôt le pain blanc et le pain noir, s'aventura à remarquer Alice.

— Le pain les attend, dit Hatta, je suis en train d'en manger un morceau. »

Il y eut une pause à ce moment ; le Lion et la Licorne s'assirent, à bout de souffle, tandis que le Roi ordonnait : « Dix minutes pour se rafraîchir ! » Haigha et Hatta se mirent aussitôt au travail, portant à la ronde des plateaux chargés de pain blanc et de pain noir. Alice en prit un morceau pour y goûter, mais il était *très* sec.

« Je ne pense pas qu'ils se battront encore aujourd'hui, dit le Roi à Hatta. Donnez l'ordre aux tambours de commencer. » Et Hatta partit en bondissant comme une sauterelle.

Pendant une ou deux minutes, Alice le regarda en silence. Soudain, son visage s'illumina : « Regardez ! regardez ! cria-t-elle, en montrant du doigt. Voici la Reine Blanche qui court à travers la campagne ! Elle vient de sortir du bois, là-bas. Comme les Reines vont vite !

— Quelque ennemi la poursuit, c'est certain, dit le Roi sans même jeter un coup d'œil. Le bois en est plein.

— Mais n'allez-vous pas courir à son secours ? dit Alice, étonnée de la placidité du Roi.

— Inutile, inutile ! dit le Roi. Elle court tellement vite ! Autant essayer de rattraper un Bandersnacht ! Mais je vais prendre une note là-dessus, si vous permettez… c'est une chère créature, dit-il à voix basse en ouvrant son carnet de notes. Écrivez-vous créature avec deux « t » ?

A ce moment, la Licorne s'approcha nonchalamment, les mains dans les poches. « Cette fois je l'ai eu, dit-elle au Roi, en lui jetant un regard au passage.

— Un peu —, un peu, répondit le Roi, plutôt nerveusement. Vous n'auriez pas dû le charger la corne en avant, vous savez.

— Ça ne lui a pas fait de mal », répondit la Licorne d'un ton détaché. Et elle était sur le point de s'éloigner quand son regard tomba sur Alice. Elle fit aussitôt demi-tour et resta quelque temps à la considérer d'un air de profond dégoût.

186

« Qu'est-ce que – c'est – que ça ? dit-elle enfin.

– C'est une enfant ! » répondit Haigha vivement en se plaçant devant Alice pour la présenter. Et il tendit vers elle ses deux mains dans une attitude d'Anglo-Saxon. « Nous l'avons trouvée aujourd'hui. C'est aussi grand que la vie et deux fois aussi naturel !

– J'ai toujours pensé qu'il existait des monstres fabuleux ! dit la Licorne. Est-ce vivant ?

– Ça peut parler », dit Haigha d'un ton solennel.

La Licorne regarda Alice d'un air rêveur et lui dit : « Parlez, enfant ! »

Alice ne put empêcher ses lèvres de dessiner un sourire quand elle commença :

« Voyez-vous, j'ai toujours cru que la Licorne était un monstre fabuleux, et je n'en avais encore jamais rencontré de vivante.

– Eh bien ! maintenant que nous nous *sommes* vues l'une l'autre, dit la Licorne, vous croirez en moi, et je croirai en vous. D'accord ?

– Oui, si vous voulez, dit Alice.

– Allons, apportez-nous le plum-cake, le vieux, poursuivit la Licorne en s'adressant au Roi. Je ne veux pas de votre pain noir !

– Certainement… certainement, balbutia le Roi (et il fit un signe à Haigha). Ouvrez le sac, vite ! Non, pas celui-là, il est plein de foin ! »

Haigha sortit un gros cake du sac et le tendit à Alice pour qu'elle le tînt pendant qu'il cherchait un plat et un couteau. Comment tout cela sortit du sac, c'était, pour Alice, comme un tour de prestidigitation.

Cependant, le Lion les avait rejoints. Il semblait très fatigué et ensommeillé, ses yeux étaient à moitié fermés. « Qu'est-ce que c'est que ça ? dit-il en clignotant des yeux vers Alice et en parlant d'une voix si caverneuse que l'on eût dit un bourdon de cathédrale.

– Qu'est-ce que c'est ? s'écria vivement la Licorne, vous ne devinerez jamais ! Je ne l'ai pas pu. »

Le Lion regarda Alice avec lassitude :

« Êtes-vous un animal… un végétal… ou un minéral ? dit-il en bâillant à chaque mot.

— C'est un monstre fabuleux ! s'écria la Licorne avant qu'Alice ait pu répondre.

— Alors, faites passer le plum-cake, Monstre », dit le Lion en se couchant.

Et il posa son menton sur ses pattes.

« Asseyez-vous tous deux (ceci au Roi et à la Licorne), et mangeons le gâteau ! »

Le Roi, obligé de prendre place entre ces deux grandes bêtes, était évidemment très mal à l'aise, mais il ne pouvait s'installer ailleurs.

« Quelle bataille nous allons avoir pour la couronne, *maintenant !* dit la Licorne en regardant la couronne, ce qui fit trembler si fort la tête du malheureux Roi que l'on aurait pu croire qu'elle allait tomber.

— Je gagnerai sans peine, dit le Lion.

— Je n'en suis pas si sûre, dit la Licorne.

— Je vous battrai autour de la ville, misérable poule mouillée ! » répliqua le Lion avec colère, à demi dressé sur ses pattes.

Le Roi intervint pour arrêter la querelle. Il était très agité et sa voix frémissait. « Le tour de la ville ? dit-il. Cela fait un bon bout de chemin. Êtes-vous passé par le vieux pont ou la place du marché ? On a la plus belle vue du vieux pont.

— Je n'en sais rien, gronda le Lion, reprenant sa position couchée. Il y avait trop de poussière pour voir quoi que ce soit. Le Monstre en met un temps pour couper ce gâteau ! »

Alice s'était assise au bord du petit ruisseau, avec le grand plat sur les genoux et elle s'appliquait à couper le cake avec le couteau. « C'est insupportable ! fit-elle, répondant au Lion (elle était habituée maintenant à s'entendre appeler Monstre). J'ai déjà coupé plusieurs parts, mais elles se recollent toujours !

— Vous ne savez pas vous y prendre avec les gâteaux du Miroir, observa la Licorne. Il faut d'abord servir et partager ensuite. »

C'était absurde, apparemment, mais Alice, très obéissante, se leva et fit circuler le plat. Le cake se partagea en trois morceaux.

188

« *Maintenant,* coupez-le ! dit le Lion, quand elle fut retournée à sa place avec le plat vide.

— Je proteste ! s'écria la Licorne, cependant qu'Alice, le couteau à la main, ne savait comment faire. Le Monstre en a donné au Lion deux fois plus qu'à moi !

— En tout cas, elle n'a rien gardé pour elle, dit le Lion. Aimez-vous le plum-cake, Monstre ? »

Mais avant qu'Alice ait pu répondre, les tambours roulèrent.

D'où venait le bruit, elle n'aurait su le dire ; l'air en semblait rempli et cela battait dans sa tête au point de la rendre sourde. D'un bond, elle fut debout et, dans sa terreur, sauta par-dessus le ruisseau. Elle n'eut que le temps de voir le Lion et la Licorne se lever, furieux d'être interrompus dans leur festin, avant de tomber à genoux, les mains sur les oreilles, s'efforçant vainement de les fermer au terrible vacarme.

« Si *cela* ne les roule pas hors de la ville, pensa-t-elle, rien ne le fera jamais ! »

CHAPITRE HUIT

« C'est ma propre invention »

AU bout d'un moment le bruit sembla s'éteindre, puis ce fut un silence de mort, et Alice, alarmée, leva la tête. Comme il n'y avait personne en vue, sa première pensée fut que le Lion, la Licorne, et ces étranges messagers anglo-saxons étaient sortis d'un rêve. Pourtant, le grand plat sur lequel elle avait essayé de couper le plum-cake était encore à ses pieds. « Donc, après tout, je n'ai pas rêvé, se dit-elle, à moins que... à moins que nous ne fassions tous partie du même rêve. Seulement, j'espère que c'est *mon rêve,* et non celui du Roi Rouge ! Je n'aimerais pas appartenir au rêve d'une autre personne, continua-t-elle d'un ton plutôt chagrin. J'ai grande envie d'aller le réveiller et de voir ce qui arrivera ! »

A ce moment, ses pensées furent interrompues par un puissant appel : « Ahoy ! Ahoy ! Échec ! » Et un Cavalier revêtu d'une armure écarlate arriva sur elle au galop en brandissant un grand bâton. Le cheval s'arrêta net devant Alice et le Cavalier s'écria en tombant sur le sol : « Vous êtes ma prisonnière. »

Dans sa surprise, Alice fut plus effrayée pour le Cavalier que pour elle-même et c'est avec anxiété qu'elle le regarda se remettre en selle. Quand il fut bien installé, il s'écria de nouveau : « Vous êtes ma... » Mais alors une autre voix intervint : « Ahoy ! Ahoy ! Échec ! » Et Alice, avec des yeux étonnés, chercha ce nouvel ennemi.

Cette fois, c'était un Cavalier Blanc. Il s'arrêta à côté d'Alice et tomba de son cheval exactement comme le Cavalier Rouge. Il remonta sur sa bête et les deux Cavaliers se dévisagèrent sans parler. Alice, quelque peu ahurie, les considéra l'un et l'autre.

« C'est *ma* prisonnière, vous savez ! dit enfin le Cavalier Rouge.

— Oui, mais je suis venu et je l'ai délivrée, répondit le Cavalier Blanc.

— Alors, nous allons nous battre pour elle », dit le Cavalier

190

Rouge en prenant son heaume (qui pendait à sa selle et avait la forme d'une tête de cheval). Quand il l'eut mis sur sa tête, le Cavalier Blanc remarqua :

« Vous respecterez les Règles du Combat, naturellement. » Puis il mit son heaume, lui aussi.

« Comme toujours ! » dit le Cavalier Rouge. Et ils commencèrent à se battre avec une telle furie qu'Alice se réfugia derrière un arbre pour être à l'abri des coups.

« Je me demande ce que sont les Règles du Combat, se dit-elle en observant la bataille craintivement de sa cachette. Une Règle semble vouloir que si un Cavalier frappe l'autre, il le fasse tomber de son cheval, et que s'il le manque, il tombe lui-même. Et une autre Règle semble vouloir qu'ils tiennent leurs bâtons avec leurs bras comme s'ils étaient Punch et Judy. Et quel vacarme ils font quand ils tombent ! Comme des tisonniers sur le pare-feu ! Et comme les chevaux sont calmes ! Ils ne bougent pas plus que s'ils étaient des tables ! »

Une autre Règle du Combat qu'Alice n'avait pas remarquée semblait vouloir que les Cavaliers tombent tous deux sur la tête, et la bataille finit quand ils furent tombés tous deux de cette manière, côte à côte. Quand ils se relevèrent, ils se serrèrent la main et le Cavalier Rouge remonta en selle et s'éloigna au galop.

« C'est une glorieuse victoire, n'est-ce pas ? dit le Cavalier Blanc, encore tout essoufflé.

— Je ne sais pas, dit Alice d'un air de doute. Je ne veux être la prisonnière de personne. Je veux être une Reine.

— Et vous en serez une quand vous aurez franchi le prochain ruisseau, dit le Cavalier Blanc. Je vais vous conduire jusqu'à la lisière du bois… et ensuite, je m'en irai. Je ne peux aller plus loin.

— Merci beaucoup, dit Alice, puis-je vous aider à retirer votre heaume ? » De toute évidence, il n'était pas capable de l'ôter tout seul, elle réussit finalement à l'en débarrasser.

« Maintenant, on respire mieux », dit le Cavalier Blanc, en rejetant en arrière, de ses deux mains, ses cheveux hérissés et en tournant vers Alice un aimable visage aux grands yeux doux. Elle pensa qu'elle n'avait jamais vu plus étrange soldat.

191

Il était revêtu d'une armure d'étain qui semblait très peu faite pour lui et il portait, fixée sens dessus dessous, sur ses épaules, une drôle de petite boîte dont le couvercle ouvert pendait. Alice la regarda avec curiosité.

« Je vois que vous admirez ma petite boîte, dit le Cavalier d'un ton amical. C'est ma propre invention... pour garder les vêtements et les sandwichs. Je la porte à l'envers pour que la pluie ne tombe pas dedans.

— Mais les choses peuvent en sortir, remarqua gentiment Alice. Savez-vous que le couvercle est ouvert ?

— Je ne le savais pas, dit le Cavalier (et une ombre de contrariété passa sur son visage). Alors, tout ce qu'il renfermait doit être tombé ! Et la boîte vide ne sert plus à rien. »

En parlant, il la détacha, et il allait la jeter dans les buissons, quand il se ravisa soudain et la suspendit avec soin à un arbre. « Pouvez-vous deviner pourquoi je fais ça ? » demanda-t-il à Alice.

Alice secoua la tête.

« Dans l'espoir que les abeilles viennent y faire leur nid, et alors j'aurai du miel.

— Mais vous avez une ruche — on quelque chose comme ça — attachée à votre selle, dit Alice.

— Oui, c'est une très bonne ruche, dit le Cavalier d'un ton mécontent, l'une des meilleures ruches qui soient. Mais pas une seule abeille ne s'en est encore approchée. Et l'autre chose est une souricière. Je suppose que les souris chassent les abeilles, ou que les abeilles empêchent les souris de venir, je ne sais pas très bien.

— J'étais en train de me demander à quoi servait la souricière, dit Alice. Il y a peu de chances pour que les souris aillent sur le dos du cheval.

— Peu de chances, sans doute, dit le Cavalier, mais si cela se produisait, je préfère ne pas les voir courir partout.

— Voyez-vous, continua-t-il, après une pause, il vaut mieux *tout* prévoir. C'est pourquoi ce cheval a des anneaux garnis de clous au-dessus des sabots.

— Mais à quoi servent-ils ? demanda Alice d'un ton de grande curiosité.

192

— A protéger contre les morsures des requins, répondit le Cavalier ; c'est de ma propre invention. Et maintenant, aidez-moi. Je vais aller avec vous jusqu'au bout de la forêt... A quoi sert ce plat ?

— C'est pour le plum-cake, dit Alice.

— Nous ferions mieux de l'emporter, dit le Cavalier. Ce sera commode si par hasard nous trouvons un plum-cake. Aidez-moi à le mettre dans ce sac. »

Ceci prit pas mal de temps, bien qu'Alice tînt le sac ouvert. Mais le Cavalier était très maladroit. Les deux ou trois premières fois qu'il essaya de mettre le plat dans le sac, c'est lui qui tomba dedans. « C'est plutôt serré, voyez-vous dit-il, quand ils eurent enfin réussi. Il y a tant de chandeliers dans ce sac ! »

Et il le suspendit à la selle qui était déjà surchargée de bottes de carottes, de tisonniers et de beaucoup d'autres choses.

« J'espère que vos cheveux sont bien fixés, continua-t-il au moment où ils se mirent en route.

— Comme tous les cheveux, dit Alice en souriant.

— Ce n'est pas suffisant, dit-il inquiet. C'est que le vent est *tellement* fort par ici ! Une vraie mélasse.

— Avez-vous inventé un moyen pour empêcher les cheveux d'être arrachés par le vent ? s'enquit Alice.

— Pas encore, dit le Cavalier. Mais j'ai un moyen pour les empêcher de tomber.

— Je voudrais bien le connaître.

— D'abord, vous prenez un bâton bien droit, dit le Cavalier. Puis vous faites grimper vos cheveux dessus, comme un poirier en espalier. Voyez-vous, les cheveux tombent parce qu'ils pendent la tête *en bas*... les choses ne tombent pas *en hauteur*. C'est une de mes inventions. Libre à vous de l'essayer. »

Alice estima que ce procédé n'était pas très commode et elle marcha en silence pendant quelques minutes, réfléchissant, et, de temps à autre, s'arrêtant, pour aider le pauvre homme qui, certainement, n'était pas un bon cavalier.

Quand le cheval s'arrêtait (ce qui arrivait souvent), il tombait en avant ; et, quand le cheval repartait (en général plutôt brusquement) il tombait en arrière. En dehors de cela, il tombait sur le côté. Ce qui lui arrivait presque toujours du côté où

194

marchait Alice, en sorte qu'elle estima bientôt qu'il valait mieux ne pas marcher *trop* près du cheval.

« Je crois que vous n'avez pas l'habitude de faire du cheval », se risqua-t-elle à dire en l'aidant à se relever après sa cinquième chute.

Le Cavalier parut très surpris et un peu offensé de cette remarque. « Qu'est-ce qui vous fait dire ça ? demanda-t-il en grimpant sur sa selle et en s'agrippant d'une main à la chevelure d'Alice de crainte de tomber de l'autre côté.

— Parce que les gens ne tombent pas si souvent quand ils ont l'habitude de monter.

— J'ai l'habitude, dit le Cavalier gravement, une très grande habitude ! »

Alice ne trouva rien de mieux à dire que : « Vraiment ? » Mais elle le dit aussi cordialement qu'elle put. Après quoi, ils avancèrent en silence pendant un petit moment. Le Cavalier, les yeux fermés, marmottait en lui-même, tandis qu'Alice attendait anxieusement la prochaine chute.

« Le grand art de l'équitation, dit soudain le Cavalier d'une voix forte, en faisant un mouvement du bras droit, c'est de garder… » La phrase finit aussi brusquement qu'elle avait commencé car le Cavalier tomba lourdement, la tête juste dans le sentier où marchait Alice. Elle eut vraiment peur et, cette fois, elle dit d'un air inquiet, en le remettant sur pied : « J'espère que vous ne vous êtes pas cassé d'os ?

— Cela ne vaut pas la peine d'en parler, dit le Cavalier, comme s'il lui importait peu de s'en casser deux ou trois. Le grand art de l'équitation, comme je le disais, c'est de savoir garder l'équilibre. Comme ceci, voyez-vous… »

Il lâcha la bride et ouvrit les bras pour montrer à Alice ce qu'il voulait dire ; et cette fois, il tomba à plat sur le dos, sous les sabots du cheval.

« Une très grande habitude, ne cessa-t-il de répéter tandis qu'Alice le remettait sur pied. Une très grande habitude !

— C'est trop absurde ! s'écria Alice perdant patience. Vous devriez avoir un cheval de bois monté sur roues voilà ce qu'il vous faudrait !

— Est-ce qu'ils vont doucement ? s'enquit le Cavalier avec

beaucoup d'intérêt, et en serrant le bras autour du cou de son cheval juste à temps pour ne pas retomber.

— Beaucoup plus doucement qu'un cheval vivant, dit Alice, avec un petit éclat de rire qu'elle ne put réprimer.

— Il m'en faut un, murmura pensivement le Cavalier. Un ou deux… plusieurs. »

Il y eut un court silence, puis le Cavalier reprit : « J'ai l'esprit très inventif. Vous avez sûrement remarqué que j'avais l'air tout songeur la dernière fois que vous m'avez relevé.

— Vous aviez l'air *assez* préoccupé, dit Alice.

— Eh bien ! j'étais en train d'inventer un moyen pour escalader une barrière. Voulez-vous le connaître ?

— Bien sûr, dit Alice poliment.

— Je vais vous dire comment je suis venu à y penser, dit le Cavalier. Voyez-vous, je me suis dit : « La seule difficulté est dans les pieds ; la *tête* est déjà assez haute. » Donc, d'abord, je mets ma tête sur la barrière, alors la tête est assez haute ; ensuite je monte sur ma tête, alors les pieds sont assez hauts, vous comprenez ; donc, je passe par-dessus la barrière, c'est clair.

— Oui, je suppose que vous serez de l'autre côté après cela, dit Alice pensivement, mais ne croyez-vous pas que ce sera plutôt difficile ?

— Je n'ai pas encore essayé, dit gravement le Cavalier, en sorte que je ne puis vous répondre, mais j'ai l'impression que ce sera assez difficile. »

Il parut si vexé qu'Alice se hâta de changer de sujet de conversation : « Quel curieux heaume vous avez ! dit-elle aimablement. Est-ce aussi l'une de vos inventions ? »

Le Cavalier baissa fièrement les yeux sur le heaume qui pendait à sa selle. « Oui, dit-il, mais j'en ai inventé un qui est mieux que ça — en forme de pain de sucre. Quand je le portais, chaque fois que je tombais de cheval il touchait immédiatement le sol. En sorte que j'avais un *très* petit trajet de chute, vous comprenez. Mais il y *avait* le danger de tomber *dedans*. Cela m'est arrivé une fois et le pire de l'histoire est que, avant que j'aie pu m'en sortir, l'autre Cavalier Blanc survint et le mit sur sa tête croyant que c'était son propre heaume. »

Le Cavalier semblait si solennel qu'Alice n'osa pas rire.

196

« Vous avez dû lui faire mal, dit-elle d'une voix qui tremblait, puisque vous étiez sur le sommet de sa tête.

— Je lui ai donné des coups de pied naturellement, dit le Cavalier avec beaucoup de sérieux, et il a ôté le heaume... mais il fallut des heures pour me tirer de là. » En disant ces mots, il leva les mains au ciel si bien qu'il roula de sa selle et tomba la tête la première dans un profond fossé.

Alice courut au bord du fossé pour lui venir en aide. Cette chute l'avait prise au dépourvu, car depuis un moment il se tenait bien en selle, et elle craignait qu'il ne se fût sérieusement blessé. Bien qu'elle ne pût rien voir que ses semelles, elle fut très soulagée de l'entendre parler comme si de rien n'était.

« C'était bien étourdi de sa part de mettre le heaume d'un autre... et avec l'homme dedans, par-dessus le marché.

— Comment *pouvez-vous* continuer à parler si tranquillement la tête en bas ? » demanda Alice en le tirant par les pieds.

Et elle l'étendit sur le bord du fossé.

Le Cavalier sembla surpris de cette question.

« En quoi la place occupée par mon corps peut-elle avoir de l'importance ? fit-il. Mon esprit n'en continue pas moins à marcher. En fait, plus j'ai la tête en bas et plus j'ai l'esprit inventif.

« La chose la plus intelligente que j'aie jamais faite, poursui-vit-il après une pause, a été d'inventer un nouveau pudding pendant que je mangeais un rôti.

— Assez tôt pour qu'il fût prêt pour le service suivant ? dit Alice. Eh bien, ce *fut* vite fait, c'est certain !

— Pas le service suivant, dit le Cavalier avec une lenteur réfléchie, non, certainement pas le *service* suivant.

— Alors, ce fut pour le jour suivant. Je suppose que vous n'auriez pas voulu deux services de pudding au même repas ?

— Non, pas le jour *suivant,* répéta le Cavalier, non, certaine-ment pas le *jour* suivant. En fait, continua-t-il d'une voix de plus en plus faible, je ne crois pas que ce pudding ait jamais été fait, et cependant, ce pudding était une invention remarquable.

— De quoi devait-il être composé ? demanda Alice avec l'espoir de le remonter, car le pauvre Cavalier semblait tout à fait déprimé.

197

« — De papier buvard, d'abord, répondit le Cavalier avec un gémissement.

— Cela n'aurait pas été très bon, je crois...

— Pas très bon tout *seul,* interrompit-il très sérieusement, mais vous n'avez pas idée de la différence que cela fait si on le mélange à d'autres choses — telles que de la poudre à canon, et de la cire à cacheter. Et maintenant, il me faut vous quitter. »

Ils venaient d'arriver à la lisière du bois.

Alice avait plutôt l'air ahurie : elle pensait au pudding.

« Vous êtes triste, dit le Cavalier d'un ton inquiet. Laissez-moi vous chanter quelque chose pour vous réconforter.

— Est-ce que c'est long ? demanda Alice, car elle avait déjà entendu beaucoup de poésie ce jour-là.

— C'est long, dit le Cavalier, mais c'est très, *très* beau. Tous ceux qui m'entendent le chanter ont les larmes aux yeux ou...

— Ou quoi ? fit Alice, car le Cavalier s'était brusquement arrêté.

— Ou rien, voyez-vous. On appelle cette chanson : *Yeux de morue.*

— Oh ! c'est le nom de la chanson ? dit Alice en s'efforçant de paraître intéressée.

— Non, vous ne comprenez pas, dit le Cavalier qui parut un peu vexé. C'est le nom dont on l'appelle. Son vrai nom est « *Le vieil, vieil homme* ».

— Alors, j'aurais dû dire : c'est comme ça que la *chanson* s'intitule ? se corrigea Alice.

— Non, vous n'auriez pas dû. C'est tout autre chose. La *chanson* s'appelle : « *Chemins et moyens* », mais c'est seulement le nom qu'on lui donne, vous comprenez.

— Alors, qu'est-ce que c'est ? dit Alice tout à fait ahurie.

— J'y viens, dit le Cavalier, c'est en réalité : « *Assis sur une barrière* », et l'air est de mon invention. »

Sur ces mots, il arrêta son cheval et lui lâcha la bride sur le cou. Puis, en battant lentement la mesure d'une main et en éclairant d'un léger sourire sa douce figure un peu folle, comme ravi par son chant, il commença.

De toutes les choses étranges que vit Alice au cours de son voyage de l'Autre côté du Miroir, c'est de celle-ci qu'elle garda le souvenir le plus net. Des années après, elle pouvait évoquer cette scène comme si elle s'était passée la veille — Les tendres yeux bleus et l'aimable sourire du Cavalier — le soleil couchant brillant à travers ses cheveux et se reflétant sur son armure dans une gloire de lumière qui l'éblouissait — le paisible cheval, les rênes lâchées sur le cou, broutant l'herbe à ses pieds — et les grandes ombres de la forêt derrière — Elle voyait tout cela, comme dans un tableau, s'abritant les yeux d'une main, le dos appuyé contre un arbre et observant l'étrange cavalier et son étrange monture. Elle écoutait dans un demi-rêve la musique mélancolique du chant.

« Mais l'air n'est pas de son invention, se dit-elle, c'est celui de « *Je te donne tout, je ne puis faire plus* ». Immobile, elle écouta très attentivement, mais aucune larme ne lui vint aux yeux.

Je vais te dire tout, autant qu'il est possible,
Car il y a peu à raconter.
Je vis un homme âgé, très âgé
Assis sur une barrière.
« Qui êtes-vous, vieil homme ? demandai-je
Et comment est-ce que vous vivez ? »
Et sa réponse dégoulina à travers mon cerveau
Comme de l'eau à travers un tamis.

Il répondit : « Je cherche les papillons
Qui dorment parmi les blés,
J'en fait des pâtés de mouton
Que je vends à la criée.
Je les vends à des hommes, dit-il,
Qui naviguent au milieu des tempêtes ;
Et c'est ainsi que je gagne ma vie
Un petit pourboire, s'il vous plaît. »

Mais, justement, j'étais en train de penser
Au moyen de teindre en vert ses moustaches
Et de les cacher sous un éventail si grand
Que jamais on ne les verrait,

199

Aussi, n'ayant rien à répondre
A ce que le vieil homme m'avait dit
Je criai : « Allons, dites-moi comment
      vous vivez ! »
Et je lui tapai sur la tête.

De sa douce voix, il reprit son histoire :
Il dit : « Je vais mon chemin,
Et quand je rencontre un torrent
J'y mets le feu
Et ils en font un truc qu'ils appellent

L'essence Macassar de Rowland
Et néanmoins, trois ou quatre sous,
C'est tout ce qu'ils me donnent pour ma
      peine. »
Mais comme je pensais alors à un moyen
Pour me nourrir exclusivement de nouilles
Et ainsi, jour après jour,
Devenir un peu plus gros,
Je le secouai rudement de droite à gauche
Jusqu'à ce que sa figure soit bleue :
« Allons, dites-moi un peu comment vous vivez !
Criai-je, et qu'est-ce que vous fabriquez ? »

Il répondit : « Je chasse les yeux de morue
Parmi les brillantes bruyères
Et j'en fais des boutons de gilet
Dans le silence de la nuit ;
Je ne les vends pas pour de l'or,
Ni même pour une pièce d'argent,
Mais pour un malheureux centime
J'en fournis neuf.

« Parfois, je pioche pour trouver des petits pains beurre
Ou je pose des gluaux pour les crabes,
Parfois, je fouille les buttes herbeuses
Pour déterrer des roues de carriole
Et c'est ainsi (et il cligna de l'œil),
C'est ainsi que je suis devenu riche —
Et c'est avec le plus grand plaisir que je vais boire
A la santé de Votre Honneur. »

Cette fois, je l'avais entendu car j'avais
Justement fini de penser au moyen
De préserver le pont de Menai de la rouille
En le faisant bouillir dans du vin ;
Je le remerciai vivement de m'avoir dit
Comment il avait fait fortune,
Mais plus encore parce qu'il
Avait bu à ma noble santé.

Et maintenant si jamais je mets
Mes doigts dans la glu
Ou follement étrangle mon pied droit
Dans la chaussure gauche
Ou si je laisse tomber sur mon orteil
Un poids très lourd,
Je pleure, car cela me rappelle
Ce vieil homme que j'ai connu —
Dont le regard était doux, le langage lent
Dont la chevelure était plus blanche que neige

Dont le visage était comme un corbeau
Avec des yeux brûlants comme des tisons,
Qui semblait perdu dans le chagrin,
Qui balançait son corps d'avant en arrière,
Et marmottait tout bas des mots inintelligibles
Comme s'il avait eu la bouche pleine de pâte,

Qui ronflait comme un buffle —
Ce soir d'été, il y a bien longtemps
Assis sur une barrière.

Comme le Cavalier chantait les derniers mots de sa ballade, il rassembla les rênes et fit tourner son cheval pour reprendre la route qu'il venait de parcourir. « Vous n'avez que quelques mètres à faire, dit-il, en descendant cette colline et par-dessus ce petit ruisseau, pour devenir une Reine — Mais d'abord, vous allez me regarder partir, ajouta-t-il, comme Alice semblait fascinée par la direction qu'il indiquait. Je ne serai pas long. Vous attendrez et vous agiterez votre mouchoir quand je serai au tournant de la route ! Je pense que cela me donnera du courage, vous comprenez.

— Naturellement, j'attendrai, dit Alice, et merci de m'avoir accompagnée si loin… et pour le chant… je l'ai beaucoup aimé.

— Je l'espère bien, dit le Cavalier d'un air de doute, mais vous n'avez pas pleuré autant que je l'aurais voulu. »

Ils se serrèrent la main et le Cavalier s'éloigna lentement dans le sous-bois.

« Il ne va pas tarder à disparaître, se dit Alice en le regardant. Bon, le voilà par terre ! En plein sur la tête, comme d'habitude ! Mais il se remet en selle joliment vite — il y a tant de choses suspendues autour — » Ainsi continua-t-elle à se parler tout en surveillant le cheval qui allait d'un pas tranquille le long du chemin, et le Cavalier qui tombait tantôt d'un côté, tantôt de l'autre. Après la quatrième ou cinquième chute, il atteignit le tournant, et alors, elle agita son mouchoir et attendit qu'il fût hors de vue.

« J'espère que cela lui a donné du courage, dit-elle en se

202

retournant pour descendre le monticule. Et maintenant, en route pour le dernier ruisseau et pour devenir Reine ! Comme cela sonne bien ! »

Quelques pas la portèrent au bord du ruisseau.

« Enfin, le carré Huit ! s'écria-t-elle en bondissant par-dessus, et elle s'étendit sur une pelouse aussi douce que de la mousse, parsemée de petites plates-bandes de fleurs. « Oh ! que je suis contente d'être ici ! Mais qu'est-ce que j'ai donc sur la tête ? s'écria-t-elle avec effroi en levant les mains vers une chose très lourde qui lui enserrait la tête.

« Mais comment cette chose a-t-elle pu se placer là sans que je m'en aperçoive ? » se dit-elle. Elle la souleva et la posa sur ses genoux pour voir ce que cela pouvait bien être.

C'était une couronne d'or.

CHAPITRE NEUF

Alice Reine

« EH bien, c'est merveilleux ! dit Alice. Je ne m'attendais pas à devenir Reine si vite… et je vais vous dire, Majesté, continua-t-elle d'un ton sévère (elle aimait beaucoup se faire des réprimandes), que vous rouler dans l'herbe de la sorte n'est pas convenable ! Les Reines doivent avoir de la dignité, vous savez ! »

Aussi se leva-t-elle et se mit-elle à marcher — avec quelque raideur d'abord, car elle craignait que sa couronne ne tombât. Mais elle se rassura en pensant qu'il n'y avait personne pour la voir. « Et si je suis vraiment une Reine, dit-elle en se rasseyant, je saurai bien me débrouiller en temps voulu. »

Tout se passait de façon si étrange qu'elle ne fut nullement surprise de trouver la Reine Rouge et la Reine Blanche assises près d'elle, à sa droite et à sa gauche.

Elle aurait bien voulu leur demander comment elles étaient arrivées là, mais elle craignait d'être impolie. Néanmoins, pensait-elle, il n'y a pas de mal à demander si la partie est terminée. « Voudriez-vous me dire, je vous prie, — commença-t-elle en regardant timidement la Reine Rouge.

— Parlez quand on vous adresse la parole ! interrompit sèchement la Reine.

— Mais si chacun respectait cette règle, dit Alice qui était toujours prête à discuter, et si vous ne parliez que lorsqu'on vous parle, et que votre interlocuteur attende que *vous* commenciez, personne ne dirait jamais rien, voyez-vous, en sorte que —

— Absurde ! s'écria la Reine. Ne voyez-vous pas, enfant — »

Mais elle s'arrêta en fronçant les sourcils et après une minute de réflexion, changea brusquement de sujet de conversation. « Que voulez-vous dire par « Si je suis vraiment une Reine » ? Quel droit avez-vous de vous considérer comme telle ? Vous ne pouvez pas être une Reine, savez-vous, tant que vous n'aurez pas

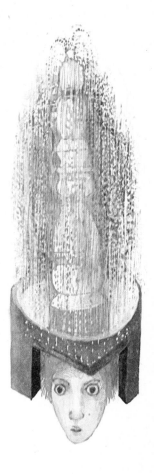

passé l'examen voulu, et le plus tôt nous commencerons, le mieux ce sera.

— J'ai dit seulement : « Si » ! plaida la pauvre Alice d'un ton piteux.

Les deux Reines se regardèrent l'une l'autre, et la Reine Rouge observa avec un petit frisson : « Elle *dit* qu'elle a seulement dit : « Si ».

— Mais elle en a dit beaucoup plus que ça ! gémit la Reine Blanche en se tordant les mains. Oh ! beaucoup plus que ça, en vérité !

— C'est un fait, vous savez, dit la Reine Rouge à Alice. Dites toujours la vérité — réfléchissez avant de parler — et écrivez vos discours ensuite.

— Je n'ai pas eu l'intention de — commença Alice ; mais la Reine Rouge l'interrompit avec impatience.

— C'est bien ce que je regrette ! Vous auriez dû avoir l'intention. Quelle est l'utilité d'un enfant qui n'a pas d'intention ? Même un jeu de mots a une intention... et un enfant a plus d'importance qu'un jeu de mots, j'espère. Vous ne pouvez nier cela, même si vous l'essayiez des deux mains.

— Je ne nie rien avec mes *mains,* observa Alice.

— Personne n'a dit que vous le faisiez, dit la Reine Rouge. J'ai dit que vous ne pourriez pas même si vous l'essayiez —

— Elle est dans un état d'esprit qui la pousse à nier *quelque chose,* dit la Reine Blanche, seulement, elle ne sait pas quoi nier !

— Quel mauvais, quel vilain caractère ! » remarqua la Reine Rouge.

Un pénible silence d'une ou deux minutes suivit.

La Reine Rouge l'interrompit en disant à la Reine Blanche : « Je vous invite au grand dîner donné par Alice ce soir. »

La Reine Blanche sourit faiblement et dit : « Et je *vous* invite aussi.

— Je ne savais pas que je donnais un dîner, dit Alice, mais s'il doit y en avoir un, je suppose que c'est à moi de faire les invitations.

— Nous vous avons donné l'occasion de le faire, remarqua la Reine Rouge, mais il semble bien que vous n'ayez pas encore eu beaucoup de leçons de bonnes manières.

— Les bonnes manières ne s'apprennent pas avec des leçons, dit Alice. Les leçons sont faites pour apprendre comment faire une addition et autres choses de ce genre.

— Savez-vous faire une addition ? demanda la Reine Blanche. Que font un et un et un et un et un et un et un et un et un ?

— Je ne sais pas, dit Alice, j'ai perdu le compte.

— Elle ne sait pas faire une addition, dit la Reine Rouge. Savez-vous faire une soustraction ? Otez neuf de huit.

— Neuf de huit, je ne peux pas, vous savez, répondit tout de suite Alice, mais…

— Elle ne sait pas faire une soustraction, dit la Reine Blanche. Savez-vous faire une division ? Divisez une miche de pain par un couteau ; quel est le résultat ?

— Je suppose, — commença Alice. Mais la Reine Rouge répondit pour elle : « Des tartines, bien entendu. Essayez une autre soustraction. Otez un os à un chien. Qu'est-ce qu'il reste ? »

Alice réfléchit : « L'os ne restera pas, bien entendu, si je le prends — et le chien ne restera pas, il viendra me mordre — et je suis sûre que je ne resterai pas !

— Alors, vous pensez qu'il ne resterait rien ? dit la Reine Rouge.

— Je pense que c'est la réponse en effet.

— Faux, comme d'habitude, dit la Reine Rouge. Il resterait la patience du chien.

— Je ne vois pas comment.

— Voyons ! s'écria la Reine Rouge. Le chien perdrait patience, n'est-ce pas ?

— Probablement, répondit Alice avec prudence.

— Alors, si le chien s'en allait, patience resterait », s'écria la Reine triomphalement.

Alice dit aussi gravement qu'elle le put : « Ils pourraient s'en aller dans des sens différents. »

Mais elle ne put s'empêcher de penser : « Quelles absurdités sommes-nous en train de débiter ! »

« Elle ne sait pas calculer ! dirent les deux Reines en même temps, avec beaucoup d'emphase.

— Pouvez-vous faire une opération ? » dit Alice en se

206

tournant brusquement du côté de la Reine Blanche, car elle n'aimait pas être prise en faute.

La Reine ouvrit une large bouche et ferma les yeux.

« Je peux faire une addition, dit-elle, si vous m'en donnez le temps. Mais je ne peux faire de soustraction, en *aucun* cas.

— Naturellement, vous savez votre alphabet ? dit la Reine Rouge.

— Bien sûr, dit Alice.

— Moi aussi, murmura la Reine Blanche, nous le dirons souvent ensemble, ma chère. Et je vais vous dire un secret... Je peux lire les mots d'une seule lettre, n'est-ce pas magnifique ? Mais ne perdez pas courage. Vous finirez par en faire autant. »

Là-dessus, la Reine Rouge intervint à nouveau : « Pouvez-vous répondre à des questions utiles ? dit-elle. Comment fait-on le pain blanc ?

— Je le sais ! s'écria Alice vivement. Vous prenez de la fleur de farine...

— Où cueillez-vous cette fleur, demanda la Reine Rouge, dans le jardin ou sur les haies ?

— Mais je ne la cueille pas, expliqua Alice, on la pile...

— Combien de piles ? dit la Reine Blanche. Il ne faut rien laisser dans le vague.

— Éventez-lui le front, interrompit anxieusement la Reine Rouge, elle va se donner la fièvre à chercher tant de choses. »

Elles se mirent aussitôt à l'éventer avec des branches jusqu'au moment où elle les supplia d'arrêter, car elles la décoiffaient complètement.

« Elle est tout à fait remise, dit la Reine Rouge. Savez-vous des langues ? Quelle est la traduction française de Fiddle-de-dee ?

— Fiddle-de-dee n'est pas anglais, répliqua gravement Alice.

— Qui vous a jamais dit que c'était anglais ? » dit la Reine Rouge.

Alice crut trouver un moyen de se tirer d'affaire cette fois : « Si vous me dites à quelle langue Fiddle-de-dee appartient, je vous en donnerai la traduction en français ? » s'exclama-t-elle triomphalement.

Mais la Reine Rouge se dressa fièrement et dit : « Les Reines ne font jamais de marché. »

« Puissent les Reines ne jamais poser de questions », pensa Alice.

« Ne nous disputons pas, dit la Reine Blanche d'une voix inquiète. Quelle est la cause de l'éclair ?

— La cause de l'éclair, dit Alice avec décision, car elle était sûre de la réponse, c'est le tonnerre ; non, non, corrigea-t-elle hâtivement, c'est le contraire.

— Trop tard, dit la Reine Rouge, une chose, une fois dite, ne peut pas être modifiée et vous devez en supporter les conséquences.

— Ceci me rappelle, dit la Reine Blanche, en baissant les yeux et en se serrant nerveusement les mains, que nous avons eu un terrible orage mardi, je veux dire l'un des mardis de la dernière série, vous comprenez. »

Alice fut ahurie.

« Dans *notre* pays, dit-elle, il n'y a qu'un jour à la fois. »

La Reine Rouge dit :

« Quelle pauvre, mesquine façon de faire les choses. *Ici,* nous avons le plus souvent les jours et les nuits par deux ou trois à la fois, et quelquefois, en hiver, nous avons jusqu'à cinq nuits en même temps... pour la chaleur, vous savez.

— Est-ce que cinq nuits sont plus chaudes qu'une seule nuit ? s'aventura à demander Alice.

— Cinq fois plus chaudes, naturellement.

— Mais elles devraient être aussi cinq fois plus *froides,* pour la même raison...

— C'est juste ! s'écria la Reine Rouge. Cinq fois plus chaudes, *et* cinq fois plus froides... exactement comme je suis cinq fois plus riche *et* cinq fois plus intelligente que vous ! »

Alice soupira et renonça à discuter plus longtemps.

« C'est tout à fait comme une devinette sans réponse », pensa-t-elle.

« Humpty Dumpty l'a vu aussi, poursuivit la Reine Blanche à voix basse, comme si elle se parlait à elle-même. Il est venu à la porte avec un tire-bouchon à la main...

— Que voulait-il ? dit la Reine Rouge.

208

— Il a dit qu'il *voulait* entrer, continua la Reine Blanche, parce qu'il était à la recherche d'un hippopotame. Il se trouvait que ce matin-là, il n'y en avait pas à la maison.

— Est-ce qu'il y en a d'habitude ? demanda Alice d'un air étonné.

— Seulement les jeudis, fit la Reine.

— Je sais pourquoi il est venu, dit Alice. Il voulait punir le poisson, parce que... »

Ici la Reine Blanche reprit : « Il y avait un *tel* orage, vous ne pouvez pas vous imaginer ! (Elle n'a *jamais* pu, vous savez, dit la Reine Rouge). Une partie du toit fut arrachée, et il y avait un tel tonnerre à l'intérieur... Il roulait autour de la pièce, frappait les tables et les objets... que j'eus peur au point d'en oublier mon propre nom ! »

Alice pensa : « Jamais je *n'essaierais* de me rappeler mon nom au milieu d'un accident ! A quoi bon ? »

Mais elle ne dit pas cela à voix haute, par crainte de froisser les sentiments de la malheureuse Reine.

« Votre Majesté doit l'excuser, dit la Reine Rouge à Alice en prenant une main de la Reine Blanche dans la sienne et en la tapotant doucement. Elle a de bonnes intentions, mais elle ne peut s'empêcher de dire des absurdités, d'une façon générale. »

La Reine Blanche regarda timidement Alice qui sentit qu'elle *devrait* dire quelque chose d'aimable, mais elle ne put rien trouver sur le moment.

« Elle n'a jamais été bien élevée, poursuivit la Reine Rouge. Mais c'est surprenant ce qu'elle peut avoir bon caractère ! Caressez-lui la tête et vous verrez comme elle sera contente ! »

Mais Alice n'avait pas assez de courage pour le faire.

« Un peu de douceur — lui faire des papillotes — cela produirait des merveilles. »

La Reine Blanche poussa un profond soupir et posa sa tête sur l'épaule d'Alice : « J'ai *tant* sommeil ! gémit-elle.

— Elle est fatiguée, pauvre petite ! dit la Reine Rouge. Lissez-lui les cheveux, prêtez-lui votre bonnet de nuit, et chantez-lui une berceuse.

— Je n'ai pas de bonnet de nuit, dit Alice en essayant d'obéir au premier ordre, et je ne sais aucune berceuse.

Je dois en chanter une moi-même alors, dit la Reine Rouge, et elle commença :

> *Dodo, madame, sur les genoux d'Alice !*
> *En attendant le festin, faisons un petit somme.*
> *Après le festin, nous irons tous au bal*
> *Reine Rouge, et Reine Blanche, et Alice, et tous !*

« Et maintenant vous connaissez les paroles, ajouta-t-elle en posant sa tête sur l'autre épaule d'Alice. Chantez-les pour *moi*. J'ai sommeil aussi. » L'instant d'après, les deux Reines dormaient profondément et ronflaient très fort.

« Que dois-je faire ? s'exclama Alice, regardant autour d'elle d'un air perplexe, cependant que les deux têtes rondes, l'une après l'autre, roulaient lourdement de ses épaules sur ses genoux. Je ne pense pas que personne ait jamais eu à prendre soin de deux Reines endormies ! Non, dans toute l'Histoire de l'Angleterre cela n'est jamais arrivé – cela n'aurait pas pu se produire, car il n'y a jamais plus d'une Reine à la fois, vous savez. Allons, réveillez-vous, pesantes créatures ! » continua-t-elle d'un ton impatient. Mais elle ne reçut aucune réponse, si ce n'est un léger ronflement.

Le ronflement devenait de plus en plus net, à chaque minute et ressemblait de plus en plus à une chanson. A la fin, elle put même distinguer des paroles et elle écoutait si attentivement que, au moment où les deux têtes sur ses genoux s'évanouirent soudain, elle s'en aperçut à peine.

Elle se trouvait devant une porte cochère au-dessus de laquelle étaient écrits en grandes lettres les mots : REINE ALICE, et de chaque côté de la porte, il y avait une sonnette. Sur l'une, on lisait : « Sonnette des visiteurs », et sur l'autre : « Sonnette des domestiques ».

« Je vais attendre la fin du chant, pensa Alice, et ensuite je sonnerai – mais – mais à quelle sonnette ? continua-t-elle, gênée par les inscriptions. Je ne suis pas un visiteur, et je ne suis pas une servante. Il *devrait* y en avoir une où serait écrite : « Reine ».

Juste à ce moment la porte s'entr'ouvrit et une créature au

212

long bec passa la tête et dit : « Personne n'entre jusqu'à la semaine prochaine. » Et la porte fut refermée avec fracas.

Alice frappa et sonna en vain pendant longtemps. Finalement, une très vieille Grenouille qui était assise sous un arbre se leva et, cahin-caha, s'avança vers elle. Elle était vêtue de jaune et chaussée d'énormes souliers.

« Qu'est-ce que c'est ? » demanda la Grenouille d'une voix basse et rauque.

Alice fit demi-tour, décidée à prendre quelqu'un en faute.

« Où est le domestique chargé de répondre à cette porte ? demanda-t-elle, furieuse.

— Quelle porte ? » dit la Grenouille.

Alice faillit frapper du pied tant elle était irritée de l'entendre parler si lentement.

« Cette porte-ci, naturellement ! »

La Grenouille fixa la porte de ses gros yeux placides pendant une minute. Ensuite, elle s'en approcha et la frotta de son pouce comme pour voir si elle pouvait en enlever la peinture. Enfin elle regarda Alice.

« Répondre à la porte, dit-elle, qu'a-t-elle demandé ? »

Elle était si enrouée qu'Alice pouvait à peine l'entendre.

« Je ne vois pas ce que vous voulez dire, dit-elle.

— Je parle français, n'est-ce pas ? dit la Grenouille. Ou êtes-vous sourde ? Qu'est-ce qu'elle vous a demandé ?

— Rien ! dit Alice avec impatience. J'ai frappé.

— Vous n'auriez pas dû, vous n'auriez pas dû… marmotta la Grenouille. Ça la vexe, vous savez. »

Elle s'approcha de la porte et lui donna un grand coup de pied.

« Laissez-la tranquille, haleta-t-elle, en retournant cahin-caha vers son arbre, et elle vous laissera tranquille, vous savez. »

A ce moment, la porte s'ouvrit toute grande, et l'on entendit une voix aiguë chanter :

Dans le monde du Miroir, Alice disait :
« J'ai un sceptre en main et une couronne sur la tête.
Que toutes les créatures du Miroir quelles qu'elles soient
Viennent dîner avec la Reine Rouge, la Reine Blanche et moi !

Des centaines de voix reprirent en chœur :

Alors remplissez les verres aussi vite que vous pourrez
*   Et parsemez la table de boutons et de son :*
Mettez des chats dans le café et des souris dans le thé :
Et bienvenue à la Reine Alice trente fois trois fois !

Il y eut un bruit confus d'applaudissements et Alice pensa :
« Trente fois trois, cela fait quatre-vingt-dix. Je me demande si
quelqu'un les compte. » Au bout d'une minute le silence était
rétabli et la même voix aiguë chanta :

Oh, créatures du Miroir, dit Alice, approchez !
*   C'est un honneur de me voir, une faveur de m'entendre.*
C'est un grand privilège de dîner et de prendre le thé
*   Avec la Reine Rouge, la Reine Blanche et moi !*

Alors, le chœur éclata à nouveau :

Alors remplissez les verres de mélasse et d'encre,
*   Ou de tout autre breuvage agréable à boire :*
Mêlez le sable au cidre et la laine au vin...
Et bienvenue à la Reine Alice quatre-vingt-dix fois neuf !

« Quatre-vingt-dix fois neuf ! répéta Alice désespérée. Mais
c'est impossible ! Il vaut mieux que j'entre tout de suite. — « Il
y eut un silence de mort, au moment où elle apparut.

Alice jeta nerveusement un regard sur la table tout en
remontant le grand hall. Elle remarqua qu'il y avait une
cinquantaine d'hôtes de toutes sortes : des animaux, des oiseaux,
et même des fleurs. « Je suis contente qu'ils soient venus
d'eux-mêmes, pensa-t-elle, je n'aurais jamais su lesquels il fallait
inviter ! »

Il y avait trois chaises au bout de la table. La Reine Rouge et la
Reine Blanche en occupaient déjà deux, mais celle du milieu
restait vide. Alice s'y assit, assez embarrassée par le silence et
souhaitant que quelqu'un prît la parole.

Enfin la Reine Rouge commença : « Vous avez manqué la
soupe et le poisson, dit-elle, prenez du rôti. » Et les serveurs

214

posèrent un gigot de mouton devant Alice qui le regarda avec anxiété, car elle n'en avait encore jamais découpé.

« Vous avez l'air intimidé, laissez-moi vous présenter à ce gigot de mouton, dit la Reine Rouge. « Alice — Mouton ; Mouton — Alice. » Le gigot de mouton se redressa sur le plat et fit un salut à Alice qui le lui rendit, ne sachant si elle devait rire ou s'effrayer.

« Puis-je vous en offrir une tranche ? » dit-elle en prenant le couteau et la fourchette et en regardant tour à tour l'une et l'autre Reine.

— Certainement pas, dit la Reine Rouge avec autorité. L'étiquette ne prévoit pas que l'on découpe quiconque vous a été présenté. Enlevez le gigot ! » Les serveurs emportèrent donc le gigot et ramenèrent un gros plum-pudding à la place.

« Je ne veux pas être présentée au pudding, s'empressa de dire Alice, sinon je n'aurai rien à dîner. Puis-je vous en offrir ? »

Mais la Reine Rouge avait l'air maussade et elle grommela : « Pudding, Alice — Alice, Pudding. Enlevez le Pudding ! » Et les serveurs l'emportèrent si vite qu'Alice ne put lui rendre son salut.

Cependant, elle ne voyait pas pourquoi la Reine Rouge serait seule à donner des ordres. Aussi, à titre d'expérience, elle s'écria : « Serveur, ramenez le Pudding ! » Et le Pudding fut

aussitôt devant elle comme par un tour de prestidigitation. Il était si gros qu'elle ne put s'empêcher de se sentir *un peu gênée* comme elle l'avait été devant le gigot de mouton. Mais elle fit un grand effort pour dominer son embarras et elle coupa une tranche de pudding qu'elle tendit à la Reine Rouge.

« Quelle insolence ! dit le Pudding. Que diriez-vous si je coupais une tranche de *votre* personne, espèce d'animal ! »

Il parlait d'une voix épaisse, suiffée, et Alice ne sut que répondre ; elle le regardait bouche bée.

« Dites quelque chose, intervint la Reine Rouge, c'est ridicule de laisser le Pudding faire tous les frais de la conversation !

— Vous savez, on m'a récité beaucoup de poésie aujourd'hui, commença Alice, un peu effrayée de voir qu'au moment où elle avait ouvert la bouche, tous les yeux s'étaient fixés sur elle dans un silence complet ; et c'est très curieux, mais chaque poème, d'une façon ou d'une autre, parlait de poissons. Savez-vous pourquoi ils aiment tant les poissons par ici ? »

Elle s'adressait à la Reine Rouge dont la réponse fut un peu loin du sujet : « A propos de poissons, dit-elle avec lenteur et solennité en mettant sa bouche contre l'oreille d'Alice, sa Blanche Majesté connaît une charmante devinette — en vers — entièrement sur les poissons. Doit-elle la réciter ?

— Sa Rouge Majesté est trop aimable d'en faire mention, murmura la Reine Blanche à l'autre oreille d'Alice en roucoulant comme un pigeon. Ce serait un tel régal ! Puis-je vraiment ?

— Je vous en prie », dit Alice très poliment.

La Reine Blanche rit de plaisir et tapota la joue d'Alice. Puis elle commença :

> *D'abord, il faut attraper le poisson*
> *C'est facile, un bébé, je crois, pourrait l'attraper.*
> *Ensuite, il faut vendre le poisson*
> *C'est facile, un sou, je crois, pourrait l'acheter.*
>
> *Maintenant, il faut cuire le poisson*
> *C'est facile, ça ne prendra pas plus d'une minute.*
> *Qu'on le mette sur un plat !*
> *C'est facile, puisqu'il y est déjà.*

216

Apportez-le ! Je vais dîner !
C'est facile de poser un tel plat sur la table.
Enlevez le couvercle !
Ah ! ça, c'est si difficile que j'ai peur d'en être incapable.

Car on le croirait collé à la glu —
Tenez le couvercle, pendant que le plat est au milieu :

Qu'est-ce qui est le plus facile :
Ne pas découvrir le poisson ou découvrir la devinette ?

« Réfléchissez une minute, et devinez, dit la Reine Rouge. Pendant ce temps, nous boirons à votre santé. « A la santé d'Alice ! » hurla-t-elle de sa voix la plus aiguë. Et tous les invités se mirent à boire, mais de bien étrange façon. Certains posèrent leur verre sur leur tête, comme si c'était un éteignoir et burent

tout ce qui leur coulait sur la figure — d'autres renversèrent les carafons et burent le vin qui dégoulinait de la table — et trois d'entre eux (qui avaient l'air de Kangourous) sautèrent dans le plat où était le gigot de mouton et se mirent à laper gloutonnement la sauce : « tout à fait comme des cochons dans l'auge », pensa Alice.

« Vous devriez leur faire un speech de remerciements, dit la Reine Rouge à Alice en fronçant les sourcils.

— Nous sommes là pour vous soutenir, vous savez, murmura la Reine Blanche, comme Alice se levait, très obéissante mais un peu émue.

— Merci beaucoup, répondit-elle à voix basse, mais je peux me passer de votre appui.

— C'est parfaitement impossible », dit la Reine Rouge, d'un ton très décidé.

Aussi Alice essaya-t-elle de se soumettre de bonne grâce. (« Et elles me poussaient tellement ! dit-elle par la suite, quand elle raconta l'histoire du festin à sa sœur. On aurait dit qu'elles voulaient m'écraser ! »)

En fait, il lui fut assez difficile de rester en place tandis qu'elle parlait. Les deux Reines la poussaient tant de chaque côté qu'elles la soulevèrent presque en l'air. « Je me lève pour vous remercier », commença Alice. Et c'est un fait qu'elle s'éleva de plusieurs pouces, mais elle put saisir le bord de la table et s'arranger pour reprendre contact avec le sol.

« Attention ! hurla la Reine Rouge en saisissant à deux mains les cheveux d'Alice, quelque chose va se passer ! »

Et alors (Alice le raconta ensuite) il se passa toutes sortes de choses. Les bougies s'allongèrent jusqu'au plafond, comme autant de joncs avec une fusée au sommet. Pour les bouteilles, elles prirent chacune une paire d'assiettes dont elles se firent rapidement des ailes et, avec des fourchettes pour pattes, elles volèrent dans toutes les directions. « Elles ressemblent vraiment à des oiseaux », pensa Alice, autant qu'elle put penser dans l'effroyable confusion.

A ce moment elle entendit un rire rauque à côté d'elle et elle se retourna pour voir ce qui arrivait à la Reine Blanche. Mais à la place de la Reine, elle trouva le gigot de mouton, assis sur la chaise. « Je suis là ! » criait une voix sortant de la soupière. Et Alice se retourna à temps pour voir la bonne grosse figure de la Reine lui grimacer un sourire au bord de la soupière avant de disparaître dans la soupe.

Il n'y avait pas un moment à perdre. Déjà, plusieurs des invités étaient couchés dans les plats et la louche marchait sur la table du côté d'Alice en lui faisant signe avec impatience de lui laisser le passage.

« Je n'en supporterai pas plus ! » s'écria-t-elle. Elle bondit et saisit la nappe à deux mains. D'un coup, assiettes, plats, invités et bougies s'écrasèrent en tas sur le sol.

« Et quant à *vous*... », continua-t-elle en se tournant furieusement vers la Reine Rouge qu'elle considérait comme la cause de tout ce désastre. Mais la Reine n'était plus à côté d'elle, elle s'était soudain réduite en une petite poupée et, joyeusement, elle courait en rond sur la table après son châle qui traînait derrière elle.

En d'autres circonstances. Alice eût été surprise, mais elle était *alors* beaucoup trop excitée pour être surprise par quoi que ce soit. « Et quant à vous..., répéta-t-elle, en attrapant la petite créature au moment où elle sautait par-dessus une bouteille qui venait de se poser sur la table, je vais vous secouer jusqu'à ce que vous soyez un petit chat ! »

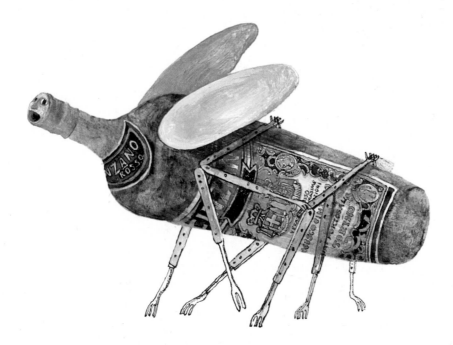

CHAPITRE DIX

Alice secoue la Reine Rouge

ELLE la souleva et la secoua en avant et en arrière de toutes ses forces.

La Reine Rouge n'opposa aucune résistance. Sa figure diminua, ses yeux devinrent grands et verts, et pendant qu'Alice continuait à la secouer, elle se fit plus courte – plus grosse – plus douce – plus ronde – et –

Le réveil

…et finalement, *c'était* vraiment un petit chat.

Qui donc a rêvé ?

« VOTRE Rouge Majesté ne devrait pas ronronner si fort », dit Alice en se frottant les yeux et en s'adressant au petit chat, respectueusement, quoique avec une certaine sévérité.

« Vous m'avez réveillée de... Oh ! d'un si beau rêve ! Et vous avez été avec moi, Minet, dans le pays de l'autre côté du Miroir. Le saviez-vous ? » Les petits chats ont la très désagréable habitude (Alice l'avait déjà remarqué) de répondre à tout ce qu'on peut leur dire en ronronnant. « Si seulement ils ronronnaient pour dire « oui » et miaulaient pour dire « non », ou quelque chose de ce genre, dit-elle, on pourrait entretenir une conversation ! Mais comment peut-on parler avec quelqu'un qui vous répond *toujours* la même chose ? »

Cette fois, le petit chat ne fit que ronronner, et il était impossible de deviner s'il voulait dire « oui » ou « non ».

Aussi Alice fouilla-t-elle parmi les pièces du jeu d'échecs jusqu'à ce qu'elle eût trouvé la Reine Rouge. Alors, elle se mit à genoux sur le tapis et plaça en face l'un de l'autre la Reine et le petit chat. « Maintenant, Minet, s'écria-t-elle en battant des mains, avoue que tu avais pris sa forme ! »

(Mais il ne voulait pas la regarder, expliqua-t-elle par la suite à sa sœur, il détournait la tête et feignait de ne pas la voir. Mais il avait l'air un *peu* honteux, et je crois qu'il a *dû* être la Reine Rouge.)

« Tiens-toi un peu plus droit, mon chéri ! s'écria Alice avec un rire joyeux, et fais la révérence pendant que tu réfléchis à ce que tu vas... à ce que tu vas ronronner. Cela gagne du temps, souviens-toi. »

Elle le saisit et lui donna un petit baiser « juste pour l'honneur d'avoir été une Reine Rouge ».

« Boule de Neige, mon amour ! continua-t-elle en regardant,

par-dessus son épaule, le petit chat blanc qui achevait patiemment sa toilette. Quand Dinah en aura-t-elle fini avec votre Blanche Majesté, je me le demande ? Ce doit être pour cette raison que tu étais si sale dans mon rêve... Dinah ! Sais-tu que tu es en train de débarbouiller une Reine Blanche ? Vraiment, ce n'est pas respectueux de ta part. »

« Et en quoi *Dinah* s'était-elle changée, je me le demande ? » babilla-t-elle encore, tout en s'installant confortablement, un coude sur le tapis et le menton dans la main, pour surveiller les petits chats.

« Dis-moi, Dinah, étais-tu changée en Humpty Dumpty ? Je le *crois,* mais il vaut mieux ne pas le dire tout de suite à tes amis, parce que je n'en suis pas sûre. A propos, Minet, si réellement tu t'étais trouvé avec moi dans mon rêve, il y a une chose que tu aurais aimée... J'ai entendu réciter tant de poèmes, et tous sur les poissons ! Demain matin, tu auras une vraie surprise. Pendant ton petit déjeuner, je te réciterai : « *Le Morse et le Charpentier* » et tu croiras manger des huîtres !

« Maintenant, Minet, qui a rêvé tout cela ? C'est une question sérieuse, et tu ne devrais pas continuer à lécher ta patte, comme si Dinah n'avait pas fait ta toilette ce matin ! Vois-tu, Minet, ça ne peut être que moi ou le Roi Rouge. Il faisait partie de mon rêve, naturellement — mais je faisais aussi partie du sien ! Est-ce lui, Minet ? Tu étais sa femme, tu sais, alors tu devrais le savoir.

Oh ! Minet, aide-moi à résoudre ce problème ! Je suis sûre que ta patte peut attendre ! »

Mais le taquin petit chat commença à lécher son autre patte, comme s'il n'avait pas entendu la question.

Alors, qui donc avait rêvé à *votre* avis ?

Au fil de l'eau, sous le soleil
Lentement nous glissions,
Image d'un rêve de Juillet

Ce soir-là, vous étiez trois
Enfants curieuses, attentives au
Plaisir d'écouter une simple histoire.

223

Le ciel depuis s'est assombri,
Echo s'est évanoui, le souvenir enfin,
Automne et ses frimas ont effacé l'été.

Sans cesse pourtant elle me hante
Alice mouvante sous les cieux
Née d'un songe irréalisable.

Cependant, il est encore des
Enfants curieuses et attentives à
L'histoire qui les emportera

Insouciantes, au Pays des Merveilles, rêvant
Devant les jours qui passent,
Devant les étés qui meurent,

Emportées à jamais par le courant,
Lentement, au fil de l'eau,…
La Vie, qu'est-ce donc, si ce n'est un rêve ?

Table

Alice au Pays des Merveilles
De l'Autre côté du Miroir

Traduction d'André Bay
Illustrations : Dušan Kállay
Arrangement graphique par Ľubomír Krátky

© 1985 by Slovart et Mladé letá, Bratislava
Pour la traduction française :
© 1985 by Gründ, Paris
ISBN 2-7000-1146-5
Troisième tirage: septembre 1987
Imprimé en Tchécoslovaquie par TSNP Martin

Légendes et Contes
de tous les Pays

CONTES D'ANDERSEN
Nombreuses illustrations en couleurs
par Jiří Trnka

CONTES DE GRIMM
Nombreuses illustrations en couleurs
par Jiří Trnka

LES INDIENS D'AMÉRIQUE
Nombreuses illustrations en couleurs
par Miloslav Troup

CONTES CHINOIS
Nombreuses illustrations en couleurs
par Eva Bednářová

CONTES JAPONAIS
Nombreuses illustrations en couleurs
par Jaroslav Šerých

MYTHES ET LÉGENDES
DE LA GRÈCE ANTIQUE
Nombreuses illustrations en couleurs
par Zdeněk Sklenář

CONTES AFRICAINS
Nombreuses illustrations en couleurs
par Karel Teissig

CONTES SCANDINAVES
Nombreuses illustrations en couleurs
par Josef Liesler

CONTES DU TIBET
Nombreuses illustrations en couleurs
par Eva Bednářová

FABLES CHOISIES
DE LA FONTAINE
Nombreuses illustrations en couleurs
par Jiří Trnka

CONTES RUSSES
Nombreuses illustrations en couleurs
par Vladimír Brehovszký

CONTES D'AMÉRIQUE DU SUD
Nombreuses illustrations en couleur
par Miloslav Troup

LÉGENDES DU SOLEIL,
DE LA LUNE ET DES ÉTOILES
Nombreuses illustrations en couleurs
par Jan Kudláček

CONTES DE PERRAULT
Nombreuses illustrations en couleurs
par Eva Bednářová

CONTES ARABES
Nombreuses illustrations en couleurs
par Mária Želibská

CONTES DE LA PRAIRIE
ET DU NOUVEAU MONDE
Nombreuses illustrations en couleurs
par Luděk Maňásek

CONTES D'INDONÉSIE
Nombreuses illustrations en couleurs
par Jaroslav Šerých

LE HUSSARD COURAGEUX
ET AUTRES CONTES
Nombreuses illustrations en couleurs
par Viera Bombová

LÉGENDES DES MERS,
DES RIVIÈRES
ET DES LACS
Nombreuses illustrations en couleurs
par Jan Kudláček

CONTES BALTES
Nombreuses illustrations en couleurs
par Petr Sís

CONTES DE MADAME
D'AULNOY
Nombreuses illustrations en couleurs
par Albín Brunovský

LA CARAVANE
par Wilhelm Hauff
Nombreuses illustrations en couleurs
par Jiří Trnka

LA STEPPE ENCHANTÉE
(Contes des Pays d'Orient)
Nombreuses illustrations en couleurs
par Miloslav Troup

CONTES DES FOUS SAGES
Nombreuses illustrations en couleurs
par Miloslav Troup

CONTES DU MOYEN ÂGE
Nombreuses illustrations en couleurs
par Miroslav Váša

CONTES CELTES
Nombreuses illustrations en couleurs
par Zdenka Krejčová

CONTES DE CEYLAN
Nombreuses illustrations en couleurs
par Marián Čapka